D+

dear+ novel

CHANTONS UN CHANT D'AMOUR ・・・・・・・・・・・・・・・

お試し花嫁、片恋中

鳥谷しず

新書館ディアプラス文庫

お試し花嫁、片恋中

contents

illustration : 左京亜也

お試し花嫁、

片恋中

パーティー会場での振る舞い方やトレイの持ち方などについての講習を受けたあと、給仕係の制服を渡された。

白いシャツと黒のベストと蝶《ちょう》ネクタイ。それから、股間《こかん》部分が大きくえぐり取られた黒いパンツと子供の拳《こぶし》ほどの小さな袋状の両端に紐《ひも》がついている赤い絹の布。

一瞬、何だかわからなかったその赤い布の正体は更衣室に入り、ほかのスタッフたちの格好を見て判明した。――陰嚢《いんのう》だけしか収めることができない下着だ。

黒のパンツは前立てがない特殊《とくしゅ》な形状をしているので、この制服を着用すれば性器が先端から根元まであらわになる。決して自慢できるようなサイズではなくても、グラスを載せたトレイを持って会場内を歩くと、卑猥《ひわい》に揺れてしまうのは必至だ。それに、ベルトでは隠しきれない陰毛もほぼ丸見えだ。

幸野友彰《ゆきのともあき》は手の中の制服を凝視《ぎょうし》しながら、眉間《みけん》に皺《しわ》を寄せた。

『公務員にしとくには惜しいそこの超美人！　金がいるなら、大人のクリスマス・パーティーでボーイをしてみないか？　今日から日曜までの、三日間だけでいいからさ』

数時間前、初対面の幸野にそう声を掛けてきた鶴永《つるなが》はおかしな男だったが、律儀《りちぎ》でもあった。

都心の緑豊かな高台にひっそりと佇《たたず》む、一見隠れ家的洋館ホテルのようなここが会員制の高級ゲイクラブであることも、大人のクリスマス・パーティーでボーイが着る制服が「ちょっといかがわしい」ものであることについても予《あらかじ》めきちんと断りがあった。

そこはかとない胡散臭《うさんくさ》さは感じたものの、幸野はとにかくすぐに金が必要だった。

その場でこちらの言い値を用立ててもらえるのなら、悪い話ではないと思った。それに、そんなことまで打ち明ける必要性を感じなかったので黙っているが、二十年以上同性愛者の自覚を持って生きているので、今の窮地《きゅうち》を救ってもらうなら、ヤミ金よりは怪しいゲイクラブのオーナーのほうがまだましだとも思ったのだ。

納得して飛びついた話なのだから、騙《だま》されたと騒ぐ気はない。とは言え、鶴永の説明を聞いて、幸野の脳裏に浮かんだのは、ネットのアダルトショー広告で見かけるような「裸の上半身に蝶ネクタイ」などの半裸の衣装だった。だが、この制服はそんな想像を遙《はる》かに超えていた。

「ちょっといかがわしい」どころか、法的にまずい気がする。

動揺を禁じ得ず、幸野は破廉恥《はれんち》な制服に平然と袖《そで》を通しているスタッフたちの様子をうかがい、また新たな問題を発見してしまった。

年が明けて少しすれば幸野は三十三歳になる。対して、ほかのスタッフたちは皆、やたらと美しいだけでなく、若い。おそらく、ほとんどが二十代の前半だろう。にもかかわらず、彼らが何の抵抗もなく晒《さら》しているペニスはどれもなかなかの男らしい色をしている。

三十をとっくに過ぎているのに誰ともつき合ったことがなければ、同性とも異性とも性的接触を持ったこともない幸野の不自然なまでに薄い色とはまるで違う。

幸野は色が白い。単に色白だからそうなのだろうと思ってもらえればいいが、もしかしたら誰にも絶対に知られたくない秘密が衆人環視《しゅうじんかんし》の中でばれてしまうかもしれない。

ゆゆしき問題に直面し、眉間の皺を深めたとき、更衣室の扉が開いた。

「あれ。幸野さん、まだ着替えてないの？」

先ほどの講習で教育係を務めてくれたスタッフが入ってくる。

「着方、わからない？」

教育係の青年はとても気さくで、親しみやすい雰囲気がある。だが、十歳近く年下に見える相手に、着替えを戸惑っていた最大の理由はさすがに告げられない。

「いえ。何となくわかりますが……、この制服、法的に大丈夫なのかなと思いまして」

ぎこちなく二番目の戸惑いを口にすると、すぐに「大丈夫だよ」と返ってくる。

「パーティーに来るのはここで何があるのかを知ってる招待客だけで、不特定多数じゃないから、人前で見せても公然猥褻《わいせつ》にはならないよ」

顧問弁護士のお墨つきだと言った青年の周りで、ほかのスタッフたちも話に加わる。

「うちはイベントでたまにこういうことをするけど合法運営の範囲内だし、入会条件が厳しくて、会員も社会的地位のあるお金持ちばかりだからね。そのへんはちゃんとしてるよ」

「ほら、入場料を払ったお客だけが観られるストリップだって合法でしょ。要は、ああいうのゴージャスバージョンだから、安心して」

確かに違法ではないからストリップ劇場はあちこちの歓楽街に存在するのだろうけれど、

時々逮捕者《たいほしゃ》も出る。安心材料にするにはいささか心許《こころもと》ない具体例だ。

念のため、スマートフォンで公然猥褻罪の定義を調べておくべきではないだろうかと思った幸野の肩に、「そういうわけだからね、幸野さん」と教育係の青年が手を置く。

「まだ教えないといけないことが残ってるし、早く着替えちゃって」

踏ん切りをつけさせるように、少し強めに肩を叩かれる。

「——はい」

幸野は迷いと羞恥心《しゅうちしん》を腹の奥へ無理やり押しこむ。鶴永に借りた金はすでに使ってしまったのだから、引き返すという選択肢はもうないのだ、と自分に言い聞かせながら。


とあるVIP会員の誕生日祝いも兼ねているという立食式のクリスマス・パーティーは、二十一時ちょうどに始まった。管弦楽団の生演奏つきで、盛大に。

ホールに流れる音楽は優雅で、談笑する客は最高級品のスーツを華麗に着こなす紳士たちばかり。そのあいだをひらひらと泳ぐように動き回るスタッフの姿も、股間部分をのぞけば一流ホテルの従業員に見える。だからこそ、自身のものも含め、あちらこちらで揺れているペニスの卑猥さが却《かえ》って際立っているように思え、恥ずかしさも煽られた。

優雅なのにいかがわしい。淫猥《いんわい》なのに洗練されている。そんな不思議な雰囲気に軽い目眩《めまい》がしたけれども、浮き足立ったのは最初の一時間ほどだった。

どんな奇妙な光景も、ずっと見ていれば目が慣れてしまう。それに、二十代ばかりで揃《そろ》えられたスタッフの中では自分はどうやら薹《とう》が立ちすぎ、誰の興味も惹《ひ》かないようだとわかったことも落ち着けた原因だ。

鶴永にやたらと「美人だ」と褒《ほ》めそやされてスカウトをされ、交換条件として個人間で借金の契約を結んでもらえたことで、幸野は容姿のおかげで特別扱《あつか》いをされた気になっていた。

今でこそ身長は一七二センチで、それなりに筋肉のついた身体ははっきりと男のものだ。だが、全体的に線が細く、雰囲気も中性的だった十代の半《なか》ばまでは男女問わず声を掛けられたし、しつこくつきまとわれることも頻繁《ひんぱん》だった。だから、こんな「触って」「握って」と看板を出しているような制服を着ていれば、多少のセクハラは仕方がないと覚悟していた。そして、心を決めたからには客を——延《ひ》いては恩人である鶴永の気分を害さないよう、何をされても耐えなければならないとも。

なのに、若いスタッフが魅惑的に揺らしているペニスをすれ違いざまに撫でていく客はいても、幸野に同じことをしようとする者はいなかった。

もちろん、べつに触られたいわけではない。しかし、決死の覚悟を決めていたぶん、何だか拍子抜けする気分になりつつ、今更ながらのことにふいに気づく。

幸野は大学を卒業する直前に突然、一家の長となる責任を背負い、そのあとは誰にも言い寄られなくなった。そうなった理由を幸野は、元々愛想が悪いことも手伝って、一家の長と仕事を両立させるのに必死な形相《ぎょうそう》の自分には近寄りがたくなったのだろう、と思っていた。

だが実際は、目まぐるしく日々を過ごすあいだに、若い頃にもてはやされた容姿がすっかり衰《おとろ》えていたことが原因だったようだ。

このクラブのスタッフは芸能人でもおかしくない美形揃いなので、少々特殊な人手の確保に困っていた鶴永の目に自分が「合格点」として映《うつ》ったのは事実だろう。

しかし、初対面にもかかわらずあんな大金を貸してくれた特別扱いの理由は、冷静に考えてみれば「顔」のわけがない。

幸野は、政令指定都市の中でも最大の人口を誇る神奈川県佐保浜《さほはま》市の職員だ。鶴永にとっては、幸野の顔よりも、取りはぐれのないカモ的身分のほうが遥かに魅力的だったに違いない。

二十代の若者たちの中に混ざれば、幸野など多少顔立ちが整っているだけのただのくたびれたおじさんだ。それなのに、勘違いしてうぬぼれていたことを恥ずかしく思いながらドリンク置き場でグラスの交換をしていると、教育係の青年に食事休憩《きゅうけい》を取るよう指示された。スタッフルームのテーブルに賄《まかな》いが色々と並んでいるらしい。

大ホールを出たところで、奏《かな》でられる曲がクラシックからJ-POPへと変わった。この時期になると街の至る所で耳にする定番のクリスマスソングで、幸野も好きな曲だ。

周囲に人の気配がないことを確かめ、そのメロディを口ずさみかけたときだった。

背後から速い靴音が近づいてきて、「すみません」と声がした。反射的に振り向き、こちらへ足早に寄ってくる男と目が合った瞬間、幸野は絶叫しそうになった。

ピンストライプのスリーピーススーツが嫌味なく似合っている、見事に均整の取れた長身。精悍《せいかん》さと理知と優雅さが互いを邪魔せず同居して独特の魅力を生んでいる顔は彫りが深くて端整で、熟練工《じゅくれんこう》の手による彫塑《ちょうそ》を連想させる。

他人の空似であってほしかったけれど、誰もが一度目にすれば記憶に刻みこまずにはいられない極上の華《はな》やかさを備えた、これほどまでに美しい男がこの世に何人もいるはずがない。

「やっぱり、幸野さんでしたね」

硬直したまま直立する幸野に批難めいた低い声音を向けてきたのは、伊豆倉貴篤《いずくらたかあつ》。幸野が勤務する佐保浜市役所で最も若い三十一歳の課長として国際政策課を束《たば》ねる、総務省から出向中のキャリア官僚だ。そして、時代劇の登場人物のような格調高い響きの名前に似つかわしく、元・大名華族にして、明治初期から代々著名《ちょめい》な政治家を輩出《はいしゅつ》し続けている名家の長男でもある。

まさしく「社会的地位のあるお金持ち」で、審査が厳しいらしいこのクラブの入会条件にぴったり当てはまるが、だからと言ってなぜ伊豆倉がここにいるのだろう。

伊豆倉はこのクラブの会員で、同性愛者なのだろうか。あるいは、単なる上流階級のつき合いで仕方なくパーティーに出席しただけだろうか。

どちらにせよ、今はそんなことを気にしている場合ではない。

どうして、よりによって、会員制ゲイクラブの大人のクリスマス・パーティーで他部署の上役と鉢合《はちあ》わせしてしまうのだろう。

胸のうちで頭を抱《かか》え、幸野は己《おのれ》の運の悪さを呪わずにはいられなかった。

「幸野さん、ちょっとこっちへ」

伊豆倉は幸野の腕を摑み、すぐそばの扉を開ける。

なかば押しこむように入れられたそこは、無人の部屋だった。広さは二十畳ほどだろうか。天井にはシャンデリアが煌《きら》めき、やたらと高級そうなテーブルとソファが数組置かれているが、壁面はすべて本棚で埋まっている。

貴族趣味的な図書室らしい部屋の鍵を、伊豆倉は後ろ手に閉める。

「こんなところで一体何をしているんですか、幸野さん」

家柄、容姿、学歴。どれをとっても完全無欠の御曹司《おんぞうし》にもかかわらず、伊豆倉は誰に対しても物腰がやわらかく、年下の部下にも敬語を使う。幸野が知る限り、その眼差《まなざ》しなどは甘すぎるほど優しいのが常なのに、そこには今、厳とした険《けわ》しさしかない。

答えの言葉を考えるより先に、肌を切るような迫力に気圧《けお》され、幸野は思わず後退《あとずさ》った。

混乱しているせいで靴の踵《かかと》が毛足の長い絨毯《じゅうたん》に引っかかり、その震動で空に垂れていたペニスが大きくしなり揺れた。

「……っ」

異様な状況に神経が昂《たかぶ》っているのか、剝《む》き出《だ》しの皮膚《ひふ》が空気のかすかな抵抗を敏感に感じ取ってしまい、揺れがなかなか治まらない。

押さえて隠すべきなのか、もうここまでくればいっそ開き直って堂々としているほうが恥を最小限に抑えられるのか、羞恥と驚愕《きょうがく》がぐるぐる回って悲鳴を上げている頭では咄嗟《とっさ》に判断がつかなかった。

ただ呆然と狼狽《うろた》える幸野の前に立つ伊豆倉の眉根《まゆね》が、わずかに寄る。

やはり、伊豆倉はつき合いで出席しただけの異性愛者で、幸野の意図しない痴態《ちたい》に不快感を催《もよお》したのだろうか。それでも今更隠すのはよけいに間抜けに思え、困惑が深まるばかりで固まることしかできない幸野に、伊豆倉がジャケットを脱いで差し出した。

「――どうも……」

幸野は呆《ほう》けたまま受け取った上着で下肢《かし》を覆《おお》った。

「では、改めて。ここで何をしているのか、答えてください、幸野さん。おわかりでしょうが、アルバイトなら、黙って見過ごすわけにはいきませんよ」

よくメディアで見かける伊豆倉の父親は与党の重鎮《じゅうちん》で、何代か前の農林水産大臣だ。二十代で初当選して四十年あまり。六十代、七十代が多い政界ではまだまだ老いた印象などはないものの、「惜しまれるうちが花だ」とそろそろ引退を考えているとかで、数年内に長男の伊豆倉が地盤《じばん》を引き継いで政界入りするだろうと噂《うわさ》されている。

　こちらが気後れしてしまうほど堂々としているところを見ると、今晩のパーティーに出席したのはただのつき合いのようだ。しかし、どんな理由にしろ、立場的には、ここへの出入りを隠しておきたいのは圧倒的に伊豆倉のほうのはずだ。

　気づかなかったふりをするのが最も無難な対応なのに、そうしなかったのは伊豆倉が自身の職業的倫理観に忠実だったからなのだろう。それがはっきりと見てとれる強い色を宿す眼差しで、伊豆倉は幸野をまっすぐに見据える。

「――違います。バイトではありません」

　最も誤解されたくないことなので、幸野は口調を強くして首を振る。

「収入は得ていませんし、……ちょっと込み入った事情があって、この三連休のあいだだけ手伝いに来ているだけです」

「近所の友人が経営している喫茶店を善意でちょっと手伝うというようなこととは、レベルが違いますよ、これは。私は幸野さんの直属の上司ではありませんが、こうして見てしまった以上はその事情が何なのかを確認しないわけにはいきません。ちゃんと説明してください」

　政治家家系のＤＮＡなのか、伊豆倉の声はなめらかに澄んでいて魅惑的だ。静かに淡々と紡《つむ》いでいても心に直接響いてくるような美しい声で糾弾《きゅうだん》され、幸野はだんだん胸が痛くなった。

　今、幸野がここでこんな格好をしているのは、疚《やま》しい違法な理由があってのことではない。

妹がリベンジポルノの被害者になるのを防ぎたかったから。ただそれだけだ。

事の発端は一年前。都内の洋菓子店にパティシエールとして勤務する妹の奏《かなで》が久しぶりに会いに来て、恋人を紹介されたことだった。相手は岩月《いわつき》というフリーランスのカメラマンで、絵やデザインを趣味としている芸術に精通した男だった。そして茶髪で、背中と両腕に「ファッション」というには主張の強すぎる大きなタトゥーを入れていた。

個性的な有名人を多く輩出している芸大の出身らしく、その経歴や職業を考えれば、岩月の外見は「いかにも芸術家っぽい」ですませられた。

だが、幸野にとって奏はたったひとりの家族だ。父親は奏が生まれて間もなく夜釣りの事故で、母親は幸野が大学を卒業する直前に病気で他界した。それからは幸野が親代わりとなって奏を育ててきた。その奏が五年前に幸野のもとを巣立ってから、初めて紹介された恋人が岩月だった。真剣につき合っているのだろうとわかり、だからこそ、杞憂《きゆう》かも知れないと思いつつ心配せずにはいられなかった。

奏は誑《たぶら》かされているのではないか、と。

『彼、大丈夫なのか？　お前と合いそうなタイプには見えないぞ』

膨《ふく》らむ不安に駆られ、こっそり耳打ちしたその言葉は、奏を本気で怒らせてしまった。

『大丈夫ってどういう意味？　どんな人ならお兄ちゃん的に大丈夫なの？　スーツを着た公務員？　有名企業のサラリーマン？　人を見た目と肩書きでしか判断できないなんて、いかにも優等生でお堅《かた》いお兄ちゃんらしいよね』

岩月にすっかり心を奪われていた奏は幸野を詰《なじ》り、その日を境にぷつりと音信不通になった。電話を掛けても、メールやラインを送っても反応が一切なくなった。

もちろんどうしているか気になった。けれども、ちょうどその頃、幸野が籍を置く秘書課で今も尾を引く問題が発生して対処に追われ、会いに行けないまま時間が過ぎてしまった。そして、こんな状態で年を越す前にどうにかしなければと思っていた矢先の、クリスマス・イブを明日に控《ひか》えた今朝早く、奏が突然訪ねてきたのだ。ぎょっとするほど窶《やつ》れきった姿で。

店が一年で一番忙しい時期だろうに休みを取っているという奏は先月、岩月と別れていた。岩月は「本当に愛しているのはお前だけだ」と言いながら浮気を繰り返していたらしい。それだけでも許しがたいのに、別れが納得できないらしい岩月は交際中に撮ったヌード写真を材料に奏を恐喝《きょうかつ》していた。

——ネット上にばらまかれたくなかったら、復縁するか、金を払って買い取れ、と。

奏は復縁を頑として拒《こば》み、写真を買い取るほうを選んだ。

『そしたら、今日の昼までに五百万って……』

脅《おど》されたのは一週間前だという。

ようやく見習い扱いから脱したばかりの奏には貯金らしい貯金はなかったが、助言を無視した負い目から、幸野には打ち明けられなかったそうだ。最初はひとりで何とかしようと奔走《ほんそう》したものの、結局、ヤミ金に頼る以外の方法はないとわかり、切羽詰《せっぱつ》まって幸野に助けを求めに来たようだ。

『あんな写真、絶対に誰にも見られたくない』

そう訴《うった》えて泣きじゃくる奏に警察へ行くべきだなど、言えるはずもなかった。

しかし、幸野にも金はなかった。

釣具屋を経営していた父親が幸野たちに遺《のこ》したのは、倒産寸前だった店の莫大《ばくだい》な借金のみ。母親は借金と共にすべての相続を放棄《ほうき》し、女手ひとつで幸野と奏を育ててくれた。パートを掛け持ちし、必死で働きながら。それでも、ふたりの子供を飢《う》えさせないことだけで精一杯で、幸野は高校と大学には奨学金《しょうがくきん》で進学した。

奏も高校と、パティシエールになる夢を叶《かな》えるために選んだ製菓専門学校へ進学する際、当然のように奨学金制度を利用しようとしたが、幸野がそれを思いとどまらせた。収入面では決して楽な世界ではないと納得した上で、懸命に夢を追おうとしている奏の将来の苦労を少しでも減らしてやりたかったのだ。

幸野には将来女性と結婚して家庭を持つ予定もなければ、特に趣味もない。強《し》いて言えば、ラジオでJ-POPの専門チャンネルを聴き、好きな歌をこっそり口ずさむことが趣味だけれども、べつに金のかかることではない。

だから、給料は奏の幸せのために使いたかったし、パティシエールとしての成功を掴ませてやる一助となりたくて、フランスへの留学コースを設けている専門学校を勧めた。私立大学並みの学費に尻込みをしていた奏に、「これくらいの額が払えないほど、俺は甲斐性《かいしょう》なしじゃないぞ」と少しばかり見栄を張って。

自分の奨学金に加えて、奏の教育ローンの返済。そして、四年前に秘書課に配属されてからは市長に随行《ずいこう》して各界の要人と会う機会も増えたため、二、三着の吊るしのスーツを着回しているわけにはいかなくなった。

佐保浜市の給料は悪くないとは言え、貯金をする余裕までは持てなかった。たとえあったところで、ATMしか利用できない祝日に五百万という大金を引き出すことはできないけれど、どうしてせめて昨日連絡してこなかったのかと奏を叱る気にはとてもなれなかった。

幸野は幼い頃、母親に「知らない人について行っちゃ駄目よ」だけではなく、「知らない人にも知ってる人にも、にこにこしちゃ駄目よ」と躾《しつ》けられた。

快活で人懐っこい性分に加え、とびきりの美少女以外の何者でもない外見が災《わざわ》いし、犯罪者を引き寄せるかもしれないと母親が懸念《けねん》したためだ。

最初は、なぜそんな注意をされるのか、よく理解できなかった。

けれども、嫌な目や怖い目に何度か遇《あ》ってしまった経験を通し、無闇《むやみ》に愛想を振りまかないことが自衛の手段になるのだと学んだ。そして、意識的にそう心がけるうち、いつしか他人との距離の取り方が摑めなくなり、周囲もそんな幸野を遠巻きにするようになっていった。

だから親しい友人も、恋人も幸野にはいない。

もちろん、奏には家族として接していたつもりだったけれど、歳が離れていたこともあり、奏は違ったふうに感じていたかもしれない。もしかしたら、寄りつきがたくて冷淡な兄だったかもしれず、だから岩月のことを忠告したときにあんなにも怒らせ、結果的に相談しづらくさせてしまったのかもしれない。

そう思った胸には、自分の至らなさへの後悔しか湧かなかった。

タイムリミットまであと数時間。慌てて、消費者金融《きんゆう》や銀行系カードローンのサイトを調べて、金を用意する方法を探した。年収の三分の一までしか融資を受けられない消費者金融に対し、銀行系カードローンの多くは数百万円以上の即日融資を謳《うた》っていた。しかし、業者が勤務先に電話を掛けておこなう在籍確認ができない土日や祝日の利用は不可。後日の在籍確認が可能なところもあるにはあったものの、代わりに提出しなければならない書類を、開所している行政サービスコーナーがない祝日に揃えるのは無理だ。

そんな状況では、幸野に残された手段もひとつだけだった。

奏には「大丈夫だから、安心しろ」とだけ告げて、幸野はヤミ金を探した。地元の佐保浜近辺では誰かに目撃されるおそれがあるので、電車で都内へ出て。

だが、初めてのことだったので、比較的悪質でなさそうな業者に当たりをつけたつもりで飛びこんだ先が、鶴永の経営する消費者金融会社だった。

『お客様。弊社は貸金業法に則《のっと》って営業しておりますので、お貸しできる上限は年収の三分の一までででございます』

五百万は無理ですね、と素《そ》っ気《け》なく首が振られた。

違法な業者と間違われたことに内心で憤慨《ふんがい》しているらしい男性店員に、幸野は少し自棄《やけ》気味にこの近所にヤミ金はないかを尋ねた。

駄目元で時間短縮を図ったその質問に返ってきたのはいっそう冷たくなった笑顔だけだったけれども、スマートフォンでヤミ金を探しながら店を出ようとしたとき、『公務員にしとくには惜しいそこの超美人！』と鶴永に声を掛けられた。そして、その消費者金融会社のほかにもゲイクラブを経営しているという鶴永に、給仕係にスカウトされたのだ。

『今晩から三連チャンでパーティーやるんだけど、昨夜、ホール担当のスタッフを何人も引き抜かれちゃってさ。うちは一定基準以上の美形じゃないとホールには立てない規則だから、代わりがなかなか見つからなくて、困ってたんだよ』

困っているというわりには焦燥感《しょうそうかん》がない。

聞けば、接客がおろそかになるほどの人手不足ではないものの、クラブで最大のイベントなのに華に欠けることが不満のようだった。

『そんなわけで、どう？　受けてくれるなら、俺が個人的にいくらでも貸すよ？　ま、違法にならない範囲で利息ももらうけど』

鶴永は、幸野が公務員であることは他言しないと約束してくれた。断る理由など何もなかった。幸野は必ず戻ってくる担保として鶴永に運転免許証を預けてすぐに岩月に会いに行き、五百万と交換に目の前でデータを破棄《はき》させ、今後、奏と関わらない誓約書《せいやくしょ》を書かせた。

それから奏に、すべて終わったと連絡した。電話越しに「お兄ちゃん、ありがとう。ごめんね」と繰り返しながら泣く声を聞いた。

だから、幸野は今ここでこんな格好をしている。奏を救ってもらった代償《だいしょう》を払うために。

制服のいかがわしさはともかく、幸野自身には疚《やま》しいことは何もない。しかし、奏の気持ちを考えると、すべてをありのままに話すのは躊躇《ためら》われた。

「……妹が知人とトラブルを起こして、警察沙汰《ざた》にせず穏便に解決するのにお金が必要だったんです。支払期限は今日だったんですが相談されたのが今朝《けさ》のことで、しかも金額が大きくて困ってしまって……」

「大きいって、いくらだったんですか？」

「五百万です」

ほかに方法がなく、ヤミ金へ走ったつもりが、このクラブのオーナーの鶴永が経営する金融会社に間違って飛びこんだ縁でスカウトされたと幸野は事情を少しごまかして説明をした。

「両親はもう亡くなっているので、妹は私にとってたったひとりの家族なんです。助けないわけにはいきませんでしたし、ヤミ金よりは、ゲイクラブで給仕係のヘルプをするほうがましに思えたんです。それに、制服が普通ではないことは聞いていましたが、ここまでとは想像していなかったので……」

なるほど、と頷いた伊豆倉の目から険しさが消えた。そして、完璧《かんぺき》なアーモンド型をした美しい双眸《そうぼう》に、いつもの甘さが戻ってくる。

「つまり、偶然鶴永さんに出会ったその成り行きでここへつれて来られ、そんな格好をする羽目になってしまった、というわけですね？」

「そうです」

伊豆倉の態度がすっかりやわらかくなったので、幸野も釣られて何気なく「伊豆倉課長はおつき合いで出席されたんですか」と訊いた。

「まあ、つき合いと言えば、つき合いですね。こういう系統のパーティーは苦手なんですが、クリスマスのついでに誕生日を祝われている会員が友人なので、顔を出さないわけにはいかなくて。でも、一応、私も会員ですよ」

最後にさらりと付け加えられた言葉に驚き、幸野はまたたく。

「え……。会員、なんですか？」

「ええ。ゲイなので」

やはり事もなげに性的指向を明かされ、幸野は反応に困ってしまった。

「そう、なんですか……。それは……、知りませんでした」

「職場ではわざわざ吹聴しませんから」

言って、伊豆倉は悪戯《いたずら》めいたウインクをする。

日本人ではなかなか似合わない仕草なのに、まるで映画の一シーンのようにさまになってい て、幸野はうっかり見惚《みと》れそうになった。

「ヤミ金よりもゲイクラブを選んだということは、幸野さんもそうなんですか?」

「……いえ、私は違います」

一瞬、答えを迷い、幸野は嘘をついた。

幸野が所属する秘書課は本庁舎本館の二階にあり、伊豆倉が課長を務める国際政策課があるのは七階。フロアの場所は離れているが、幸野は伊豆倉とよく顔を合わせる。

伊豆倉は市長の市松元《いちまつげん》のお気に入りだ。加えて、現在市松が力を入れて実現させようとしているフィンランド共和国南西部の港町ラユネン市との姉妹都市提携《ていけい》に中心的に関わっていることから、頻繁《ひんぱん》に市長室に出入りしているためだ。

市長室へは秘書課のフロアを通っていかねばならないので、ほぼ毎日のように、時には一日のうちに何度も会うことも珍しくない。とは言え、幸野は伊豆倉とは、社交辞令的な挨拶《あいさつ》以上の言葉を交わしたことはない。

伊豆倉はとても気さくなので、秘書課の課員にも積極的に話しかけてくるし、ちょうど昼時に市長室を訪れた帰りに食事に誘ったりするほど親しくなっている者もいる。

幸野も声はよく掛けられる。新調したスーツを着て出勤した日には「あ。新しいスーツですね」や、節約のために百均ショップで適当に買ったシャンプーの化学的な香りがきつくて驚いた翌朝「あれ、コロンか何かつけてますか？」などと。

けれども、幸野はあえて伊豆倉を避けていた。べつに、服も日用品も最高級のものに囲まれているだろう御曹司《おんぞうし》官僚の言葉に、被害妄想的《もうそうてき》な僻《ひが》みを覚えてそうしたわけではない。むしろ、その逆だ。伊豆倉の穏やかな物腰には悪感情など抱きようがなかった。だからこそ、伊豆倉が佐保浜市役所へ出向してきた二年前から、一貫して避けてきたのだ。

幸野にとって、伊豆倉は好感の対象だ。その感情は何かの弾みで好意へ変わるかもしれない。けれども、元・大名華族の家柄の跡取り息子にそんな感情を抱いたところで、不毛以外の何ものでもない。幸野の理性は、伊豆倉を不用意に親しくなるべき相手ではないと判断した。

伊豆倉が同性愛者であろうと、自分とは住む世界が違う相手だという根本的な状況は変わらない。それに、あと三ヵ月もすれば伊豆倉は出向期間を終えて総務省へ戻ってしまう。

だから、やはり、伊豆倉とは下手に縁を作るべきではないとしか思えなかったのだ。

「それに、ゲイであってもなくても、大抵の人は私と同じ選択をすると思います。ここで三日恥をかけば、高いとは言え、適法な利息で借入ができるのですから、ヤミ金よりはましです」

「個人間融資はこじれると、ヤミ金以上に厄介《やっかい》になることもあり得ますよ？」

「こじれないように誠意を持って返済しますし、妹を助けるための時間は限られていたので、あの場で鶴永さんに頼るのが一番いい方法に思えたんです」

「まあ、幸野さんが妹さん思いなのは、よくわかりました」

言いながら伊豆倉がなぜか足を踏み出し、幸野との間合いを縮める。

「ですが、こんなことを続けさせるわけにはいきません。お金は私から鶴永さんに返しておきますから、幸野さんはすぐに着替えて、帰ってください」

「……は？　あの、今……、何と仰《おっしゃ》いましたか？」

会話を重ねるうちに少し落ち着いたつもりだったが、頭の中の混乱はまだ尾を引いているようだ。

幸野の借金を自分が返す、と伊豆倉が言った気がしたが、そんなことなどあるはずがない。一体、何をどう聞き間違えたのだろう。

「すぐに着替えて帰ってください」

「いえ、その前です」

「鶴永さんへの返済は私からしておきますので」

「え……」

幻聴を聞いたわけではなかったことに、困惑がますます大きくなる。

「どうかご心配なさらず。鶴永さんとは親しくはありませんが、まったく知らない仲でもないので、上手《うま》く話をつけておきますから」

自信たっぷりにそう告げた伊豆倉の意図は、幸野にはまるで読めなかった。

どうにも不気味に思えてならず、眉根が寄った。

「……課長にそんなことをしていただく謂《いわ》れはありません」

「私にはありますよ」

言いながら伊豆倉がなぜか足を踏み出し、幸野との間合いを縮めてくる。

「私は『秘書課の雪の女王』のファンなので」

――秘書課の雪の女王。それは、いつの間にか幸野につけられていた渾名《あだな》だ。

面と向かってそう呼ばれたことはないが、自分のいないところで使われているのを何度か耳にしたことがある。

『秘書課の雪の女王、初めて見た。三十過ぎたおっさんの女王って何じゃそりゃって思ってたけどさ、本当に雪の女王な人だった。氷の鞭《むち》とかガラスのハイヒールとかが似合いそうで』

『氷の鞭のほうが何じゃそりゃじゃね？　どうやって使うんだよ、そんなもの』

『いや、だから、雰囲気だよ、雰囲気』

『雪の女王が臨席する会議はいいよね。場の空気が、びしっと締まるから』

『まあ、夏は冷房がいらなくてエコですよね。冬だと、あの鉄仮面できっつい質問くらったりした日にはびびってチビったものが凍りつきそうで勘弁ですが』
『あ〜、昨日の研修会のあとで撮《と》った集合写真、一枚残らずこの世から抹消《まっしょう》したいっ』
『どうして？』
『あたしの隣に立ってたのが秘書課の雪の女王だったの！　あたし、顔のサイズが女王の倍だったの！』

社会人になって以降は、それなりに当たり障《さわ》りのない立ち回り方を身につけた。秘書課へ配属されてからは、状況に応じて仕事用の笑顔を作るようにもなった。だが、その反動なのか、必要のないときには以前にも増して表情が乏《とぼ》しくなってしまった。

人形のように無表情で、色が白くて、名字の読みが「ゆきの」。それらが混じって生まれたらしい渾名には、幸野の無愛想さを高慢な王族に喩《たと》える皮肉が込められているのだろう。だが、まったくの悪意だけでできているわけでもないらしく、単に「顔がいい」という意味で使っている者もいるようだった。

とは言え、「雪の女王」の中身はもうすぐ三十三歳になるただのくたびれた男だ。

「……ファンって、もうすぐ三十三になるおじさんの、ですか？」

「世間一般のもうすぐ三十三歳は確かにおじさんと呼ばれてもおかしくないでしょうが、幸野さんには最も縁遠い言葉だと思いますよ」

伊豆倉がおかしげに声を転がす。

「そんなことはありません。私も世間一般的なおじさんです」

「どうしてそう思うんですか？」

「ホールで若い子たちが受けていたセクハラに、私は遇わずにすみました。それが、私への客観的な評価を物語っています」

「その認識は誤りですよ」

穏やかな声音が、幸野の言葉を否定する。

「幸野さんに誰も手を出せなかったのは、あなたの美しさが圧倒的で、軽々しく近づくことができなかったからですよ。その証拠に、たくさんの客が呆けたように幸野さんの噂をしていました。まあ、要は庁舎の中と同じ現象が起きていたわけです」

「庁舎の中と……？」

咄嗟《とっさ》に意味を摑みかね、首が傾《かし》ぐ。

「ええ。皆、幸野さんに興味津々《しんしん》で、でも孤高の気高さを侵《おか》しがたくて、だから幸野さんを遠くから眺めて『雪の女王』と崇《あが》めているでしょう？」

「……はあ」

職場で自分を崇めるような視線を感じたことはない。俄《にわか》には納得しがたかったけれど、遠巻きにされているのは事実なので、幸野はとりあえず頷いた。

「私は少し前に来たばかりだったんですが、一体どんな美人がいるのかと思って探してみたら、幸野さんがそんな格好で給仕をされていたので驚きました」

それから、と静かに言葉を継いで、伊豆倉は双眸を甘く細めた。

「さっき、幸野さんが後退った拍子に愛らしく揺れたペニス、まるで淡く色づいた乙女百合《おとめゆり》の蕾《つぼみ》のようでした。まさに夢かと思う麗《うるわ》しさで、驚愕と感動にうち震えました」

あのとき、眉をひそめていた伊豆倉の表情は不愉快そうに見えたけれど、違ったらしい。

ひどく熱っぽい口調で心情を明かされ、幸野は目をしばたたかせる。

「憧《あこが》れの雪の女王の、この上なく官能的な姿を見られてとても眼福でした。鶴永さんのことは、そのお返しのクリスマスプレゼントとでも思ってください」

「無理です」

幸野は即座に首を振る。

「庁舎のトイレでいくらでもタダ見ができるものに、五百万もの価値はありません」

「この場合、価値があるか否《いな》かを判断するのは幸野さんではなく、私の主観だと思いますが」

「それでも無理です。額が大きすぎます」

口調を硬くして重ねて拒むと、伊豆倉が片眉を上げて笑んだ。

「では、特別オプションをお願いします」

「どんなオプションですか？」

「吸わせてください」

そう告げた伊豆倉の視線は幸野の下肢《かし》に向いていて、何を吸いたいのかはわざわざ聞かずとも明白だった。

「とてもラッキーな日に、トイレであなたの乙女百合を見られることはあるかもしれません。でも、どんなにツイていても、吸えることは絶対にありませんから」

「……ですが、こんな行為に五百万も出すのは変です、課長」

「レアなものはいくら出してもほしい。ファン心理ってそんなものでしょう？」

確かに、オークションにかけられたスターの楽器や衣装が七桁《けた》や八桁の高額で落札されるのはよくある話だ。熱っぽく煌《きら》めいている伊豆倉の目を見る限り、自分のファンだというその言葉に偽《いつわ》りはないのだろうと感じる。

しかし、幸野は唯一無二の才能を持ったスターなどではない。では、お言葉に甘えて、と応じる気にはやはりなれず、もう一度首を振ろうとしたとき、伊豆倉が幸野の前で膝を突いた。

「あの、課長……？」

驚く幸野を見上げ、伊豆倉が甘やかに微笑《ほほえ》む。

「プレゼントは受け取れないと仰《おっしゃ》るのでしたら、貸し主を鶴永さんから私に変えるのはどうです？　鶴永さんの利息は高いんでしょう？　でも、私は無利息です」

あなたのファンですから、と告げる声音がひどく甘く響いた。まるで鼓膜を舐《な》められているかのようで、首筋がぞわりと粟立《あわだ》った。

何もかもがおかしな状況下で、言葉巧《たく》みに言いくるめられている気がしなくもなかった。けれども、五百万を得るために丸出しのペニスをふらふら揺らしながら給仕を三日間するのと、フェラチオをさせるのは、あまり大差ない気がした。

そして、利息はあるより無いほうが嬉しい。

「……それ、なら」

浅く頷いた幸野の下肢から、そこを覆《おお》っていたジャケットを伊豆倉がそっと奪う。

再び暴かれたペニスがぴくんとしなる。

「肌の色が透き通っていると、ここも透き通っているものなんですね。こんなに淡くて綺麗なピンク色のペニスは見たことがありません」

皮膚の表面に絡みつく視線が刺激となって、ペニスがじわりと熱をはらむ。じんじんと疼《うず》きはじめたそこから爪先《つまさき》へかすかな電流が流れた気がして、幸野は息を詰めた。

「んっ」

「目の前にすると、ますます乙女百合のようですね」

幸野のペニスをうっとりと見つめながら言い、伊豆倉が幸野のペニスを掌《てのひら》に載せる。

「――ふっ、ぅ」

生まれて初めてそこで感じる他人の体温に敏感に反応し、むくんと膨《ふく》らんで頭を擡《もた》げたペニスが伊豆倉の掌から少し浮く。

「勃起《ぼっき》の仕方も楚々《そそ》としていて、とても乙女百合らしいです」

嬉しげに紡がれる言葉の意味が、あまりよくわからない。

「……何、ですか？　その……、乙女百合って……」

幸野は花には疎い。聞き慣れない「乙女百合」が本当に存在して、自分のそれに似ているのか、あるいはきっと経験が豊富だろう伊豆倉に見ただけで未使用だと見破られ、「乙女」と譬《たと》えられているのか判然とせず、心臓が早鐘を打った。

そして、その緊張を吸い取るかのように、半勃《はんだ》ち状態のペニスがぴくんぴくんと震えた。

「こんなふうなピンク色をした百合です。日本の固有種で、とても可憐《かれん》なんです」

伊豆倉の父親は園芸が趣味で、百合をとりわけ好んでいるそうだ。実家の花壇《かだん》や温室にはたくさんの百合が植えられており、伊豆倉も自然と品種に詳しくなったという。

恥ずかしい秘密がばれたわけではないことにほっとしかけたとき、中途半端に勃ち上がって空に突き出ていたものの先端を、伊豆倉の唇が咥《くわ》えこんだ。同時に幹の膨らみを押しつぶすようにぎゅっと握られ、鋭い快感が響いた腰が跳ねた。

「あっ、んっ」

自分でも驚くような高い声が散り、幸野は慌てて両手で自分の口を押さえこむ。

「ふっ、ぅ、ぅ……っ」

伊豆倉の口腔《こうこう》はねっとりと温かかった。その中で、亀頭《きとう》の丸い輪郭《りんかく》とくびれを舌先で強くなぞられ、先端の孔《あな》をちろちろとえぐられた。

舌でほどこされる巧《たく》みな愛撫はたまらない愉悦を生み、幹をむくむく膨張《ぼうちょう》させた。

「んっ、んっ、んっ……」

亀頭を舌でぬめぬめといじられながら張りつめ、反り返る花茎に、滾《たぎ》る血管が浮く。喘《あえ》ぐように脈動しているその筋を指でなぞり擦られ、内腿《うちもも》がわななないた。

膝も笑い出す。立っていることが辛くなり、幸野は咄嗟に口元から右手を離して伊豆倉の肩を摑んだ。

直後、伊豆倉の右腕が幸野の腰に強く巻きついた。しっかりと支えられる格好になった拍子に咥えこみが深くなる。幹の根元まで舌が絡みつき、熱く脈打つ肉をぐにゅっぐにゅっと扱《しご》いて啜《すす》る。

「――っ、んっ、んっ、……んぅっ」

他人から初めて与えられる快感の大きさは、想像を絶していた。狂おしくて切ない熱が体内で大きくうねり、頭の中を奥の奥までかき混ぜた。

「……くっ、ふぅ……っ」

肉厚の舌で愛撫されて立ち響く水音が、どんどんと濫《みだ》りがわしく粘るものへと変わってゆく

のがわかった。雄《おす》の唇にきつく挟《はさ》まれて、びくんびくんと痙攣《けいれん》しているものの昂《たか》ぶりが限界に近づいていることも。

火照《ほて》る肌には汗が浮き、じっとりと湿っている。

幸野は背を反らせ、かぶりを振った。

「う、う、う……っ」

息を弾ませて悶《もだ》えていたさなか、むっちりと張りつめた漲《みなぎ》りを根元からじゅじゅうっと激しく吸い擦《こす》られた。舌と唇に圧せられた肉が、ぐにゅんとひしゃげる。

「——んぅうっ」

先端の秘孔も一緒にゆがんだ瞬間、脳裏に火花が散った。

それ以上、堪《こら》えることはできず、幸野は伊豆倉の肩に指を食いこませて精を放った。

びゅっと迸《ほとばし》った精液は、その噴出の勢いよりも強く吸引された。

「ひ、う……っ！」

脳髄《のうずい》を梳《くしけず》られるような凄まじい愉悦に、息がとまりそうになる。

快感にくねって跳ねる腰を逞《たくま》しい腕でしっかりと支えられ、咥えられたままのペニスをじゅうじゅうと吸われた。

優雅そのものの美貌にはまるでそぐわない、獣めいた荒々しい舌遣いで、小さな孔《あな》から噴き漏れる精液を舐め啜《すす》られ、腰骨が溶かされているかのような錯覚《さっかく》に襲われる。

「ふ……、う、ぅぅ……っ」

絶え間なく与えられる歓喜と、普通ではない状況への背徳感のせいか、白濁《はくだく》はとぷっとぷっと溢《あふ》れ続《つづ》け、なかなかとまらなかった。

喘ぎすぎ、息苦しくなるまで長引いて、ようやく終わった。

「あ、あ、ぁ……」

伊豆倉の唇がゆっくりと離れてゆき、硬度を失ったペニスが空にやわらかく垂れる。

快感の余韻《よいん》に震えて閉じきらない秘唇のふちから、薄く濁った雫《しずく》が糸を引いて垂れ落ちた。

「乙女百合の唇が、真珠の輝きを纏《まと》ってつやつやしていますね。この世のものとは思えない美しい唇です」

指先で持ち上げたペニスの先を覗きこんで言った伊豆倉が視線を上げ、笑んだ。

何だか悪酔いしそうなほど妖《あや》しくあでやかな笑みで、背筋に悪寒めいた震えが走った。


佐保浜市は神奈川県の東部に位置する港湾都市だ。市の大部分が海に面しており、新旧複数の庁舎群も東京湾を目の前にした海岸大通り沿いにある。

駅の改札を出ると、青く透き通った空の下で冷たい海風が舞っていた。

クリスマスが過ぎ、仕事納めまであと三日。どことなく浮かれていた街の空気は一掃《いっそう》され、それぞれの職場へ向かって流れてゆく人波はただ忙しない。

頤《おとがい》をマフラーに埋め、自分も足を速めようとしたとき、深山麻子《みやまあさこ》に「おはよ、幸野君」と肩を叩かれた。

「おはよう」

今朝の登庁がどうしようもなく憂鬱《ゆううつ》だった上に、肌を刺すような冷気が辛くてきつく細めていた目を、幸野はゆるめる。

文化環境局の観光振興課に勤務する深山は同期で、出身大学もゼミも同じだ。友人と言えるほど親しいつき合いはないものの、女性職員の中では気安い口がきける唯一の存在だった。

「あれ。幸野君、もしかして彼女でもできた？」

脈絡のない質問に、幸野は首を傾げる。

「何で？」

「目の下、隈《くま》ができてるから」

出がけの洗面所で自分でも目立つだろうかと少し気にしたそれは、この三日間の寝不足でできたものだ。

ゲイクラブで鉢合《はちあ》わせした伊豆倉にフェラチオを――ペニスと精液をされるがままに吸われ

たあと、幸野は逃げてしまった。

『これで、私が幸野さんにお金をお貸しする理由ができました。この制服は脱いで、帰ってください。貸し主としてのお願いです』

幸野の尿道口《にょうどうこう》を「真珠の輝きを纏う美しい唇だ」と称賛してから、伊豆倉は穏やかなのに拒絶を許さない強い響きを宿す指示口調でそう告げた。それこそ、この世のものとは思えない秀麗な笑みを浮かべて。

頭の中をぞわぞわとかき回されるような何だかよくわからない種類の寒気と、身体から熱が引いてふいに冷静になった胸に湧いた猛烈な恥ずかしさ。それらがない交ぜになって爆《は》ぜたような混乱に襲われ、幸野は「はいっ」と裏返りそうな情けない声を放って転がるようにあの図書室を飛び出した。

返済について何の取り決めもせず、連絡先の交換すらしていないことに気づいたのは、自宅であるアパートに帰り着いてからだった。

更衣室で休憩中のスタッフに鶴永への伝言は頼んだものの、何と言ったかはうろ覚えだ。やはり、直接事情を説明しに行くべきだろうかと悩んでいた翌朝、鶴永の顧問弁護士だという男が借用書を返しに来たので、伊豆倉はちゃんと話をつけてくれたようだ。

いかがわしい制服に淫《みだ》らな取引。言葉ひとつで右から左へ動いた五百万。インモラルな大人のパーティーへ迷いこみ、悪い夢でも見た気分だったが、幸野の手元には鶴永から返された借用書がある。最終的に伊豆倉に窮地を救われたのも、大金を借りたのも紛《まぎ》れもない現実だ。

とにかく、一刻も早く返済方法を決めねばならない。伊豆倉は今日の午前中、ラユネン市との姉妹都市提携の件で市長室を訪れる予定になっている。伊豆倉が市長室を退室したところを捕まえて、話し合いの段取りをつけるべきだ。

けれども、一体どんな顔をして会えばいいのだろう。

この三日間ずっと、答えにたどり着けない自問を繰り返して悩み、夜もよく眠れなかった。ただ、不幸中の幸いという言い方もおかしいが、ほっとできることもあった。

あの夜の、金で他人の身体を自由にすることに抵抗がないふうに見えた伊豆倉の言動には、正直なところ少し違和感を覚えた。だが、それは幸野が伊豆倉について自分の持つわずかな情報に基づいて、勝手なイメージを作り上げていたからだ。

職場での好人物が、プライベートでもそうである必要はない。伊豆倉は優秀な役人であっても、私生活の性に関する面では乱れているのかもしれない。だからと言って、幸野に伊豆倉を軽蔑《けいべつ》する権利などないのはもちろんだ。

けれども、少し見た目が気に入っているていどでしかなく、愛情を持っていない相手に、五百万を貸す代わりにペニスを吸わせろと平然と求めてくる男に魅力は感じない。

伊豆倉の出向期間は三月で終わっても、返済はそのあともしばらく続く。何かの拍子でうっかり親しくなることが怖かったが、ペニスを百合に喩《たと》えたり、勃起に「楚々とした」などという形容詞をつけたりするような変わった男に恋はできない。

「……単に、仕事の調べもので徹夜《てつや》」

「何だ。らしいと言えば、らしいけど」

奏が扶養《ふよう》家族だった頃は、寂しい思いをさせないように兄妹で過ごす時間を大切にしたくて、残業も休日出勤もできるだけ断っていた。だが、奏が独立してからはほかにすることもなくなったので、幸野の生活は仕事がその中心を占めるようになった。

一日の大半を仕事のために費やし、気がつくと花形部署の秘書課へ配属され、同期よりもひと足早く三十歳で主査の役職を得ていた。

仕事熱心を通り越して仕事中毒と揶揄《やゆ》されることもある日頃の働きアリぶりのおかげか、深山は幸野のごまかしを疑うことなくあっさり納得してくれた。

クリスマスの三連休明けに浮かぶ隈を最初は興味津々の表情で眺めていた顔には、わびしい独り身の男を憐《あわ》れむ色が浮かんでいる。

「あ、でね。それより、本題なんけど。昨日、マリンタワーに行った帰りに駅で内本《うちもと》君に会ったの。内本凌平《りょうへい》君」

深山が口にした懐かしい名前が薄い刃物となって、鼓膜をすっと引っ掻いた。

「幸野君、内本君とよくつるんでたでしょ。今も連絡取ってたりしない？」

「……いや。卒業してから一度も会ってない」

「あれ、そうなの？」

「ああ」

そんなに仲がよかったわけじゃないから、と重ねかけた嘘を思い直して呑みこむと、耳の底で顔を真っ赤にして憤っていた男の声が蘇《よみがえ》った。

――気取ってもったいつけてんじゃねえぞ！　ちょっと綺麗な顔してるだけのくせに、何様のつもりだっ！

「そっかあ。内本君ね、今、行政書士してるんだって。しばらく永田町《ながたちょう》の大きい法律事務所で働いてて、最近こっちへ戻ってきて独立開業したそうなの」

「へえ……」

内本とは、卒業前の半年ほどは一言も口をきいていない。

同じゼミだったので内本が都内に本社を構える繊維《せんい》メーカーに就職したのは知っていたが、そんな転職をしていたのは初耳だ。

行政書士なら、書類の請求や提出のために様々な公的機関へ頻繁《ひんぱん》に出向くのも仕事のひとつだ。市役所へ来ることも、もちろんあるはずだ。

幸野は窓口業務の担当ではないので遭遇《そうぐう》する確率は低いだろうけれど、忘れたままでいたかった苦い過去がじわじわと滲み出てきて胸が重くなる。

「昨日はお互いに急いでて、それしか話せなかったの。もし、幸野君が連絡先を知ってたら、内本君にも招待状を送ろうかなって思ったんだけど」

こんなときに再会したのも何かの縁だしね、と深山は笑った。

「期待に添えなくて、悪いな」

肩を軽くすくめて苦笑し、幸野はさり気なく話題をそらす。

「それで、深山はこの三連休、未来の旦那と楽しく過ごしたのか？」

「んー。楽しいのとストレスと半々かな。連休中は結婚式で出す料理やケーキを一緒に決めてたんだけど、クリスマスケーキは食べられなかったから」

「どうして？」

ダイエット、と答えた深山は来年の二月に結婚する。

幸野も式には出席する予定だ。

「ボーナスでブライダルエステに申し込んだから、気合いを入れてるの」

「べつに、エステもダイエットも必要ないんじゃないのか？」

本庁舎の正面玄関を並んでくぐりながら空世辞ではなく言うと、深山が「ありがと」と頬をふわりと弛緩《しかん》させた。

「あ。でも、エステで美女に生まれ変わった私に惚れても無駄よ。幸野君がいくら超のつく美形でも、私の心はダーリンのもので、絶対に揺らいだりしないから」

冗談めかして笑んだ深山は「じゃあね」と軽く手を振って、エレベーターへ向かう。

秘書課は二階なので、幸野はほとんどエレベーターを使わない。階段のほうへ足を向け、ふと振り向いて深山を見た。その後ろ姿は、愛し、愛されていることを確信している者の幸せを放ち、明るく輝いていた。

ふいに強く、羨《うらや》ましいと思う気持ちが湧いた。

結果的に奏を救えたのだから、あの夜のことを後悔はしていない。けれども、時間が経《た》って冷静になったことで、今更ながらに倫理観が疼《うず》き出《だ》したのだろうか。あんな破廉恥な制服を着て、心を通じ合わせているわけでもない男に初めての性の快感を教えられたことに。

あるいは——。初めての恋人を作り損ねた、遠い昔の苦い思い出が不意打ちで蘇ったせいかもしれない。

自分にもいつか恋人ができて、愛の交歓の悦《よろこ》びを知ることができるのだろうか。それとも、それは、他人との深い関わり方がわからない自分には一生味わえない幸せなのだろうか。

そんなことをぼんやりと考え、小さく溜め息をついた背後で「おはようございます、幸野さん」と伊豆倉の声がした。

反射的に強張《こわば》った顔で振り向くと、ダブルボタンの黒いロングコートを纏った伊豆倉が颯爽《さっそう》とした足取りで向かってくる。

「……おはようございます」

ロングコートの裾《すそ》を翻《ひるがえ》す姿が、眩しいほどさまになっている。引き締まった長身のせいか、洋装なのに何だか凛とした若武者のように見えた。

返済のことで声を掛けられたのかと思ったが、伊豆倉はもう登庁しているらしい市松に呼び出されて二階の市長室へ赴《おもむ》くところだという。

「先ほど、駅の改札を出たところで、すぐ来てくれと電話をいただいて」

「――え。何かあったんですか?」

眼前の美しい男に向いていた緊張感が、きゅっと跳ねて方向転換した。

この午前中、市松が最初に会う予定になっているのは伊豆倉だ。午後におこなわれる、平和社会党の女性市議・瓜生《うりゅう》ゆい子との面会対策のレクチャーを受けるためだ。

瓜生は、市松が推《お》し進めているフィンランド共和国のラユネン市との姉妹都市提携の意義について懐疑的だ。

佐保浜市とラユネン市との姉妹都市提携の芽が生まれたのは、市松がまだ民間人だった八年前に遡《さかのぼ》る。幸野の母校でもある、佐保浜市立大学へラユネン市からひとりの女子学生が留学してきたのだ。帰国後、故郷で高校教師となった彼女は自分の受け持つ生徒にも異国の港町・佐保浜を知ってもらいたいと考え、留学中にボランティアの英会話講師として訪れていた市内の高校の生徒とのスカイプ交流を始めた。

北欧と極東。遠く離れていても、同じ港町同士、惹かれ合うものがあったのだろう。生徒同士はもちろん、教職員や保護者のあいだでも評判がよかったスカイプ交流はいつしか複数の中学・高校へと広がり、交換留学や観光というかたちで両市民がふたつの都市を盛んに訪問し合うようになった。一昨年《おととし》にはラユネン市の市長が来浜し、一期三年目を務めていた市松と会談をおこない、そこで姉妹都市提携の話題が出たのだ。

佐保浜市とラユネン市の友情は市民から始まり、市民たちの手で広がっていったもので、まさしく姉妹都市の理念に一致すると市松は考えた。

そこで、今年の四月に実施された二期目の選挙戦では、ラユネン市との姉妹都市提携による佐保浜のさらなる国際都市化を政策のひとつに掲《かか》げて戦った。

佐保浜で生まれ育った市松は、都内の有名大学を卒業後、在京キー局のアナウンサーをしていた。安定した職を捨て、故郷での出馬を決意したのは、かねてより深い親交があり、任期なかばで病が発覚して無念の辞職を決めた前市長の志《こころざし》を継ぐためだ。

初当選を果たしたときは四十歳。若さと抜群の知名度と、大胆な市政改革を次々実行し、「政治の素人のマスコミ屋に何ができる」と冷笑していた反対派を唸《うな》らせた剛腕ぶり。

二期目の選挙戦も市民の絶大な支持を受け、市松は危なげなく勝利した。

しかしながら、国際交流の手段が限られていた時代とは異なり、グローバル化の進展がめざましい昨今では、姉妹都市不要論も珍しくない。

『活発に交流活動をしているのは、一部の学生とその周辺の人たちだけでしょう？　視察団の訪問や交流イベントで市が税金を使う必要があるとも思えませんが』

そんな意見を提出する市民団体もあったため、市松は国際政策課にラユネン市との姉妹都市提携後に見られ得る相互の公益についての詳細《しょうさい》な調査と分析を課し、市民や議会に対して丁寧な報告を続けてきた。

その努力が実り、十二月の定例議会において、ラユネン市との姉妹都市提携の議決がなされた。ラユネン市でも来年早々の市会でこの議案が諮《はか》られることになっている。あちらでも議決を得られれば、三月に市松を団長とする代表団がラユネン市を訪問して調印式がおこなわれる予定だ。

しかし、定例議会が終了した先週、瓜生は議決の見直しを声高に叫び、市松との面会を要求してきた。市松が学生時代、フィンランドに短期留学していたことから、ラユネン市との姉妹都市提携が単なる個人的思い入れによるものではないかと問題視しているのだ。

隠していれば確かにそんな疑いを受けても仕方がないが、市松のフィンランドへの留学はアナウンサー時代から公にされている経歴だ。瓜生は何かにつけて市松の政策を市政の私物化だと批判し、辞職を求めてくる反市長派の急先鋒《きゅうせんぽう》。今回の面会要求も嫌がらせの色が濃いものであることは誰の目にもあきらかだが、瓜生は女性からの人気が高く、声の大きな支持団体もついているため、市松も無視はできない。

うるさく吠え立てられたまま年を越すのも気分が悪いとのことだったので、空きのない市松のスケジュールを幸野がどうにか調整し、今日の午後に三十分の面会時間を作った。

ただ、すでに議会でした説明を言葉を換えて繰り返しても、市民に対する誠実さに欠けると糾弾《きゅうだん》されるのは目に見えていた。だから、国際政策課がこれまでとは別角度からの調査を新たに急遽《きゅうきょ》おこなった。その報告を調査責任者である伊豆倉が今朝することになっており、そちらの予定を組んだのも幸野だ。

「ラユネン市の件、ですよね？」

市長は行政府の長であると同時に、政治家でもある。

市松の私的な政務活動に関する補助は私設秘書が担当するが、公務に関するサポートを担《にな》うのは秘書課だ。現在、市松の公務のスケジュールを管理しているのは幸野なのに、連絡網が混乱するような緊急事態が発生したのだろうかと息を吞む。

しかし、「ええ」と返された声に緊迫感はなかった。

「報告書は先週末にお渡ししていたのですが、先ほど目を通されて、瓜生先生からいちゃもんをつけられそうな箇所を見つけたとご立腹で」

「それで、レクチャーの時間を前倒しに？」

そういうことです、と伊豆倉は頷く。

「瓜生先生は弁が立ちますからね。迎え撃つ市長としては、切りこまれるような隙は一切排除して、完封されたいのでしょう」

そう説明する声は悠然としている。

勝ちを意識しすぎているらしい市松は少々落ち着かないようだが、伊豆倉には専門家として完璧な報告書を用意した自信があるのだろう。

「朝からお疲れ様です」

「それほど疲れることではありませんよ」

階段を上りながら、伊豆倉はやわらかに首を振る。

「まあ、あそこまでエネルギッシュな方だと色々と振り回されることもありますが、我々公務員のような職務専念義務がないことに胡座《あぐら》をかいて週に一日、二日しか登庁《とうちょう》せず、どこで何をしているのかわからない市長よりは遥かに好感が持てます。そう思われませんか？」

「……思います」

朝から無駄に色気を滴《したた》らせている美貌から、幸野はさり気なく視線を逸《そ》らす。

これまでと多少関係性が変わったからと言って、それは仕事には関係ないことだ。周りにはほかの職員の目もあるので、普段通り自然に振る舞うのは当然と言えば当然だ。

けれども、幸野はそわそわと浮き足立ってしまう。色々な思いが胸に去来するのをとめられないのだ。自分のほうが年上なのにとそれを情けなく思う反面、伊豆倉のあまりにもいつも変わらない優雅さが——有り余る余裕が、何だか釈然《しゃくぜん》としなかった。

五百万も、幸野のペニスを散々いじったことも、特に気にとめる必要もないものだと態度で示されているようで。瓜生市議なみのいちゃもんかもしれないが、幸野にとっては言ってみれば「初体験」なので、どうしても意識してしまう。

「あの、課長。今晩、お時間ありますか？　例のこと、詳細を決めたいのですが」

自分も平静を装ったつもりが、口調が変に速くなってしまった。

「わかりました。私は定時に上がりますが、幸野さんは？」

「何事もなければ、私も定時に」

「では、何かあればこちらへ連絡をお願いします」

伊豆倉はコートのポケットから名刺を取り出し、幸野に渡す。

業務用ではなく、プライベート用の名刺だった。

「はい。何もなくても、とりあえず終業前に連絡させていただきます」

「では、よろしくお願いします」

伊豆倉が言ったとき、トレンチコート姿の久保門俊治《くぼかどしゅんじ》が階段を下りてきた。

久保門は、市松にふたりついている私設秘書のうちのひとりだ。人当たりはいいけれど、口数が極端に少ない。元々物静かなのか、私設秘書が行政に関与しているという疑いを抱かれないように市松が指示したことなのかはわからないが、必要以上のことはまず喋《しゃべ》らない男だという印象を幸野は持っている。

年齢は三十五歳、結婚指輪をしているので妻帯者。幸野が把握《はあく》している久保門のプライベートな情報はそれくらいだ。

おはようございます、と三人で会釈《えしゃく》を交わしたあと、伊豆倉が久保門に微笑んだ。

「赤ちゃんと奥さん、お元気ですか？」

久保門は一瞬、戸惑ったようにまたたいてから「ええ」と応じた。

そんな雰囲気がなかったので久保門に子供がいたことに幸野は驚いたが、なぜか久保門も伊豆倉の質問に驚いたふうに見えた。

「おかげさまで。ありがとうございます」

では、と軽く頭を下げ、足早に一階へ向かう久保門は鞄《かばん》を持っていた。

市松の事務所へ戻るのだろう。久保門は市松に個人的に雇われている立場で、市の職員ではない。市長の秘書なので市役所へももちろん顔は出すとは言え、久保門にとっての主な職場は市松の事務所だ。

「久保門さん、お子さんがいたんですか？」

九月に女の子が生まれたそうです、と返ってくる。

「課長は、久保門さんと親しいんですか？」

「いえ。久保門さんは、職員の誰とも親しくはされてないと思いますよ」

伊豆倉は淡く苦笑して言う。

「でも、先月、市長と三人で話をしていたとき、たまたま久保門さんのご家族のことが話題になったんです。初めての子育てで奥さんが大変そうなので、育児休暇を取りたいなら取ってもいい、と市長が仰っていたものですから、少し気になっていたんです」

言葉が静かに紡がれる。

「そうだったんですか……」

耳に届いたのは、何の打算もなく他人を気遣っているのだろうと素直に感じられる、やわらかい声だった。けれども、その優しい声の主は、微笑みながら他人の身体を買いもする。

どんな人間にも多少の二面性はあるとは言え、伊豆倉とはどうにも掴みがたい男だと幸野は思った。


秘書課は秘書係と庶務係のふたつの係から成《な》っている。幸野は秘書係の主査を務めており、その下にふたりの主事――民間企業でいうところの平社員である柴原剛《しばはらたけし》と向井蘭子《むかいらんこ》がいる。係長の西尾礼治《にしおれいじ》は先週から二ヵ月間の病気休暇を取っているため、現在、秘書係の実質的な舵取《かじと》り役は幸野だ。

伊豆倉と秘書課へ入ったときにはフロア内はまだがらんとしていたが、デスクでメールチェックをしているうちにほかの課員たちも出勤してきて朝の活気が満ちてくる。

一般的には「秘書課」といえば、いい意味でも悪い意味でも「女性の園」が想像される部署で、民間企業では実際にそうだろうが、自治体の場合はたいていが真逆だ。佐保浜市の秘書課もその例に漏れず、受付担当の向井以外は全員男だった。

しかも、二十五歳の向井と二十六歳の柴原をのぞけば三十代と四十代ばかり。よく言えば「働き盛り」が、身も蓋《ふた》もない言い方をすれば「おっさん」が揃いぶみだ。

『秘書課なのに、麗《うるわ》しくもなんともない「おっさんの園」なんて、詐欺《さぎ》っすよね』

無邪気ではあるが、日頃から余計な一言が多い柴原などは事あるごとにそんなぼやきをこぼして庶務係の主査によく蹴られている。

「おはよーさん」

いつも通り、課長の奈良坂成吾《ならさかせいご》が始業時間ぎりぎりにあくびをしながら現れた。

四十二歳にしては白いものが多い髪には強い寝癖《ねぐせ》がついており、後頭部の一房がおかしな方向へ跳ねていた。

課長席の後ろのポールハンガーによれたコートを掛けながら、奈良坂は市松と伊豆倉の声が漏れてくる市長室の扉を見やる。

「市長室、誰か来てんのか？　久保門さん？」

「いえ、伊豆倉課長です。市長が早めのレクチャーを希望されたので」

「ふうん。あそ」

興味なさげに返して椅子に座り、囲碁《いご》の本を広げた奈良坂に庶務係の主事がお茶を淹《い》れて持ってくる。

それから、三十分ほどが経った頃のことだ。受付に立っていた向井がフロアの中へ飛びこんできた。その手には角形8号の茶封筒と白い紙が握られている。

「課長、またです！　また、呪いの手紙が来ました！」

甲高《かんだか》い声を響かせて、奈良坂の顔の前でぶんぶんと振り回した白い紙を、向井は幸野にも見せる。

――市松元へ。すぐに辞職しろ。さもなくば、犯した罪の重さをその身をもって知ることになるぞ。呪われよ！

市松は歯に衣《きぬ》着せぬ過激発言が多い。それが人気の一因になっている一方で、一部の層からは極端に嫌われ、憎まれている。だから、送りつけられてくる脅迫状も多い。

今、向井が持っている脅迫状は半年ほど前から定期的に届くようになったものだ。差出人名はもちろんない。けれども、おどろおどろしいホラー系フォントが特徴的な上に文面が毎回同じなので、秘書課では「呪いの手紙」と呼んでいる。

今回もフォントと文面は同じだが、いつもは黒い字の色が毒々しい赤になっている。

幸野はその変化が少し気になった。向井も同様らしい。

「今、守衛さんが植えこみで見つけたって持ってきてくれたんですけど、今回は字が真っ赤です。文言は今までと同じでもエスカレートしてるっぽいですし、これってまずくないですか？」

「そうかぁ？」

奈良坂は囲碁の本へ視線を落としたまま、あくび交じりの間延びした声を返す。

これまで市松に届いた脅迫状はこの「呪いの手紙」も含め、すべてが悪戯《いたずら》だった。今回もおそらくはその可能性が高いとは言え、奈良坂に緊張感の欠片《かけら》も見られないのはそう考えていることが原因ではない。

一年前から、奈良坂はずっとこうだ。交通事故で妻子を一度に喪《うしな》い、その心の傷が仕事への情熱を奪ってしまったせいで。

「見つけたのはさっきでも、植えこみに置かれたのは昨日かもしれないだろ。単にクリスマスだったから、赤いんじゃないのか？　愉快犯のメリークリスマス的な」

「もう、課長！　何言ってるんですかっ」

向井が眉を吊り上げたとき、「おいおい、朝から何を騒いでるんだ」とブラウンのツイードのスーツにストライプタイを締めた市松が市長室から出てきた。

そのすぐ後ろから、ネイビーのスリーピース姿の伊豆倉が続く。手にコートと鞄を持っているので、レクチャーは終わったようだ。

「脅迫状です、市長」

向井が憤慨《ふんがい》気味に応じ、脅迫状を市松に見せる。

「ああ、これか。いつもの定期便じゃないか」

「ですが、今まで黒だった文字の色が今回は真っ赤になっています。何か意味があるかもしれないのに、課長ったら、クリスマスだからじゃないか、なんて仰るんですよ」

「クリスマスだから赤か。なかなか上手いことを言うな」

脅迫状には慣れきって無頓着《むとんちゃく》になってしまっていることに加えて、「呪いの手紙」だ。市松が面白がるふうに笑うと、奈良坂がさすがに本から視線を上げて「恐れ入ります」と応じる。

「向井君、君も奈良坂君のように余裕とユーモアも持つといい。呪いだの何だのと、こんなふざけた輩《やから》にまともに反応しても、馬鹿を見るだけだぞ」

でも、と言い募《つの》ろうとする向井に、市松は受付へ戻るよう指示する。向井は渋々従った。

「これ、お願いします」と脅迫状を幸野に渡して。

「まったく、あんな大声で騒いでいるから、一体何事かと思えば。彼女は少し神経が細いようだね」

「ええ。そのようですね」

肩をすくめた奈良坂の白髪交じりの頭が再び下がって、囲碁の本へ向く。

この一年で白髪は増えたものの、げっそりとこけていた頬の肉づきは少し元に戻っている。無精髭を伸ばして登庁することも、ここ最近はなくなった。

奈良坂の心が少しでも早く回復することを祈りつつ、今回の「呪いの手紙」はいつものように脅迫状専用の段ボールに入れて終わりにすべきではないと考え、幸野は立ち上がる。

「市長、奈良坂課長」

市松と伊豆倉の視線が幸野に向き、奈良坂が「んー」と声だけを返す。

「この脅迫状の件、私も向井さんと同意見です。今までと違うことが起こったのですから、念のため対策を講じたほうがいいのではないでしょうか。無駄骨に終わるかもしれませんが、何か起こってから慌てるよりもましですから」

「わかった、わかった。まあ、どうしてもと言うなら、好きにしてくれ」

市松は苦笑気味に承諾する。それから、「じゃ、朝早くから悪かった。助かったよ」と伊豆倉の肩を叩いて市長室へ引っこんだ。

「課長。一応、県警にも相談しておきますので」

「ああ、うん。任せるよ。市長もああ仰ってたし、幸野の好きにするといい」

はい、と頷いて、幸野は腰を下ろす。

市長の警護は県警本部の管轄になる。このあと海岸大通りの東別館庁舎へ赴く用があり、県警本部はちょうどその向かいだ。担当部署に面会のアポを入れようとデスクの上の電話へ手を伸ばしたとき、ふと視線を感じた。

首を巡《めぐ》らせると、こちらを見つめていた伊豆倉と目が合った。

「……何でしょう、伊豆倉課長」

「いえ。秘書課も色々お疲れ様な仕事が多そうだと思いまして」

労《ねぎら》うようなやわらかな笑みを残し、伊豆倉は退室した。

「なるほど、『呪いの手紙』ですか」

県警の担当者は幸野の話を聞き終えると、腕を組んで天井を見やった。

「まあ、確かにかなり気味の悪い字体と色ですが……」

文字の色の変化が気になるという幸野の意見に、担当者も同意は示してくれた。しかし、脅迫状にしたためられている文字は「殺す」や「爆破する」などではなく、「呪われよ」だ。結局、相談の結果、今回はSPによる警護は要請《ようせい》せず、所轄署《しょかつしょ》に市長宅周辺のパトロール強化を頼むことになった。

県警本部を出て、歩道を早足に歩く。魚の群れでもいるのか、浅瀬で低く舞う海鳥たちの声が冬の空の下で響いていた。

冷たい海風に吹かれて本庁舎へ戻ったときには、昼を少し過ぎていた。普段、昼食は売店でパンやおにぎりを買って簡単にすませることが多いが、今日は温かいものが食べたい。

職員食堂へ行こうと決め、正面玄関を入ってすぐ、前方からがっしりした背の高い男が一直線に近寄ってきた。グレーのスーツの上にショート丈のコートを羽織った、幸野と同年代の男だ。まるで突進してくるかのような勢いを怪訝《けげん》に思い、眉を寄せたときだった。

「幸野！」

懐かしげに声を掛けられ、幸野は目を瞠《みは》る。

その男は、今朝深山から話を聞かされた内本だった。顔や身体の輪郭《りんかく》はそれなりの変化を見せているものの、特に老けたわけではない。咄嗟に気づけなかったのは、髪がずいぶん短く刈りこまれていたためだ。

幸野にとって、内本のイメージは「長髪のスポーツマン」だ。ゼミが同じになった三年のときには髪は肩口まで伸びてなびいていたし、就職活動を始めるさいに一度切りはしたものの、早々に内定を取るとまた伸ばしていた。

「俺だ、内本だ。覚えてるか？」

「ああ。久しぶりだな……」

「お前、学生の頃から全然変わらないな」

「そんなことはない。歳相応だ」

苦笑した幸野の耳もとへ、内本がふいに顔を寄せる。

「いや。相変わらず、すっげえ美人。女より綺麗で、十メートル先からでもすぐにわかった」

意味ありげな囁きに、幸野は一瞬身構えた。

だが、体勢を元に戻した内本がくしゃりと作った笑顔には屈託《くったく》がなかった。

「昨日、駅でばったり深山に会って、ちょうどお前のことを考えてたんだ」

「え……」

驚いた幸野に、内本は「あ。俺、今、行政書士やってんだよ」と説明するように告げた。

「会社でずっと法務にいて、そっちに興味が出たんだ」

そのため、五年前に会社を退職して行政書士の資格を取り、永田町にある有名な法律事務所に入ったらしい。

「でかい事務所だったから色々と学べたが、いつまでも弁護士先生たちのアシスタント的な立場に留まっていたくなくてさ。思い切って独立したんだ」

「こっちで開業したんだってな。深山に聞いた」

「そ。つい先週な」

内本の事務所は、市役所から徒歩三分の雑居ビル内にあるそうだ。

「市役所《ここ》へは仕事でちょくちょく来るし、お前にもそのうち会えるかもって思ってたけど、こんなに早くそうなるとはな」

内本ははにかんだような笑顔を作る。

「なあ、幸野。俺、ずっとお前に謝らないと――」

内本が何かを言いかけたさなか、そのコートのポケットで電子音が小さく響いた。

ポケットから取り出したスマートフォンを見て、内本が「クライアントだ」と肩をすくめた。

「忙しそうだな」

「おかげさまで、そこそこな」

にっと大きく笑い、内本は幸野をまっすぐに見た。

「幸野。もし、また偶然会えたら、連絡先を教えてくれ。お前に聞いてほしい話があるんだ」

それだけ告げると、内本は幸野の返事を待たずにスマートフォンに応答し、忙しない足取りで正面玄関を出て行った。

――聞いてほしい話。

たぶん、それは学生時代、内本が自分に最後に向けたあの言葉のことだろう。

内本とは同じゼミに所属していた。大所帯のゼミだったので、一年以上経ってもろくに話したこともなかったけれど、四年生の夏休み前に親しくなった。

そのきっかけとなったのは、梅雨明け直後の夜、レポートを書きながら聞いていたラジオから流れてきた曲だ。それは、もう解散してずいぶん経つが、九〇年代に人気を博していたある男性アイドルグループの代表曲と言ってもいい夏歌だった。

子供の頃に大好きだった曲だ。大学生になってアルバイトを始めてからは、気に入った曲のCDは買っていたけれども、小学生と未就学児を抱えた母親がひとりで家計を支えていた当時の幸野家には、CDプレイヤーのような贅沢品《ぜいたくひん》などなかった。

かつてはとても手が届かなかったことを思い出してよけいに欲しくなり、翌日、大学の生協へCDを探しに行くと、一枚だけ置いてあったそれを内本も買おうとしていた。

偶然にも、内本も幸野と同じラジオ番組でその夏歌を耳にして、懐かしくなったそうだ。

『それは幸野が買えよ。下宿の近くにでかいCDショップがあるから、俺はそっちをのぞいてみる』

そう言って、一枚しかないCDを幸野に譲《ゆず》ってくれた内本は子供の頃、そのアイドルグループのファンだったらしい。

内本はテニスとスキーのサークルを掛け持ちしていたスポーツマンで、笑顔の似合う男だった。少し長髪で、なのに軽薄さはなく、明るい人気者だった。

自分とはそりが合わないタイプだと思っていたのに、話してみると、内本も洋楽やロックよりもJ-POP派で、好きな歌手や曲の多くが重なっていた。

趣味が一致していた内本には、不思議と警戒心が働かなかった。

急速に濃密になっていった関係性の中に「友情」では説明できないものが芽生えるまで、あまり時間はかからなかった。そして、幸野も内本も、それを互いに何となく感じ取っていた。

『なあ、幸野。お前、女とつき合ったこと、ある?』

『ない』

短く答え、一呼吸置いてつけ加えた。

『女性を好きになったこともない』

今度は内本が一瞬の間を置いて『俺も』と言った。

『俺もだ。小学生のときから好きになるのは、ジャージ姿と笑顔が爽《さわ》やかな体育教師とか、テレビの中できらっきらっしながら歌って踊ってる男のアイドルとかばっかだった』

髪を伸ばしているのは、実はきらきらのアイドル好きが影響しているのだと告白され、幸野は小さく笑った。

『惹かれるのが男ばっかなことに気づいた最初は、自分もあんなふうに格好よくなりたいって憧れてるだけだと思ってたけどな』

けど違ったんだよなあ、と内本は息をついた。

『……その爽やかな体育教師とつき合ったりしたのか?』

『するかよ』

即答した内本の顔には、苦笑が浮かんでいた。

『間違っても生徒に手を出す人じゃなかったし、それではなくても、男にコクる勇気なんて俺にはなかったからな。で、お前は?』

『え?』

『男とはとつき合ったこと、あるのか?』

ない、と首を振ったところで話が続かなくなってしまったその会話は、夏休みの終わりに遊びに行った内本の部屋で交わしたものだ。

内本は県内の出身だったが、大学の近くに下宿していた。

狭《せま》い部屋の中にはふたりきり。具体的な言葉で確認はしていなくても、互いの気持ちはわかっているつもりだった。

だが、幸野は、身体の接触にまで踏みこむ気にはなれていなかった。

当時はまだ生々しかった、少年時代の記憶がそうすることを邪魔したのだ。

痴漢《ちかん》やストーカーの被害に遭ったと言っても、実際のところ深刻なトラウマになるようなことはされていない。覚えているもののなかで一番ひどかったのは、一階だった部屋のベランダから盗まれた洗濯物の靴下が、キスマークをつけられて郵便受けに入れられていたこと。

年齢を重ねてくたびれた大人となり、よくも悪くも心が鈍磨《どんま》してしまった今では「そう言えば、そんなこともあったよな」くらいにしか感じない。

しかし、当時の幸野には、大きな問題だったのだ。

だから、部屋に降り積もっていた沈黙を破るように突然キスをされそうになったとき、幸野は驚いて拒《こば》んだ。反射的に動いた手で、内本を思いきり突き飛ばして。

すると、今度は内本が幸野をまるでタックルでもするかのような勢いで突き飛ばし、部屋から追い出した。

『気取ってもったいつけてんじゃねえぞ！　ちょっと綺麗な顔してるだけのくせに、何様のつもりだっ！』

顔を真っ赤にして怒鳴り、内本は幸野の靴と鞄を外廊下へ投げ捨てた。

呆然と立ちすくむ幸野の前でドアが乱暴に閉められ、内本とはそれっきりになった。そのあと、内本からは徹底的《てっていてき》に無視をされたまま、卒業したからだ。

気持ちをぼんやり感じ取ってはいても、推察はあくまで推察だ。次の段階へ進む前にはきちんとした言葉がほしかった。なのに、いきなり乱暴なことをされたあげくに、何の話し合いもないままこれまでの関係をなかったことにされ、当時は腹が立った。

結局は内本も、自分を悩ませた痴漢やストーカーと同じで、この顔に寄ってきただけだったのかと裏切られたような悔しさで胸がいっぱいになった。

だが、今、よくよく思い返してみれば、幸野を部屋から追い出し、睨《にら》みつけた内本の血走った目にあったのは、怒りよりも混乱のほうだった気がする。

あのとき、幸野も内本も二十一だった。もう子供ではなく、けれども大人になりきれてもいない中途半端な年齢だ。

相手のことを思いやるより先に自分が傷つくしかできない、そんなときでは、想いを通じ合わせているつもりの相手に拒まれれば、男女間でもまず狼狽《ろうばい》するだろう。自分は同性愛者だと直接的な言葉にして告げられない、曖昧《あいまい》に匂わせて反応を探ることが精一杯なナイーブさを抱えていた未熟な男同士なら、なおさらだったはずだ。

内本に自分の秘密を——ひっそり抱えていた過去の嫌な記憶を打ち明けていれば、あんなことにはならなかったかもしれない。

だが、あのときの自分には、その勇気がなかった。それは、つまりは、内本が自分に対してそうしてくれていたほどには、自分は内本に心を許せていなかったということだ。

今まで、自分ばかりが被害者のつもりだったけれど、そうと気づかないまま、自分も内本を傷つけていたのかもしれない。

ふいに後頭部の髪が風に乱されたのを感じて、幸野は振り向いた。

市民や職員がひっきりなしに行き交い、忙しない開閉を繰り返している玄関の自動ドアから、冷たい風が吹きつけていた。

幸野は風が吹いてくる先へ、ぼんやりと視線を流す。

もうどこにも姿が見えなくなっている内本は、謝ろうとしていたようだった。

——もし、また会えたら。そのときには自分も、若かった学生時代には言えなかったことをちゃんと伝えて謝りたい。

そんな気持ちが自然と湧いて、背の強張りがふっとほどけた。

電話や来客の対応、来月予定されている「さほはま市民功労者表彰式」の準備作業、副市長のスケジュール調整。それらの合間を縫っておこなった、市松に頼まれた資料の収集。

その日の午後も忙しかったが、大きなトラブルは発生しなかった。瓜生との戦いに首尾よく勝利して、上機嫌で退庁する市松を見送り、幸野は自分も定時を少し過ぎた時刻に秘書課をあとにした。

伊豆倉とはメールで連絡を取り、市役所から近すぎず、遠すぎもしない二駅離れた割烹《かっぽう》で会うことになった。伊豆倉がたまに友人と利用する店らしい。

約束の時間は十九時。話し合う内容が内容だけに、うっかり遅れてしまうことだけはしたくない。庁舎を出た幸野は、そのまますぐに電車に乗った。

十分も経たずに目的の駅に着く。駅構内のファストフード店で時間をつぶすことにした。カウンターでコーヒーを注文する。受け取ったカップを持って、駅前の歩道に面した窓際の席に腰掛けた。テーブルの上にカップと、スマートフォンを置く。

窓の向こうに広がる鈍色の空から、赤い夕闇が滴り落ちていた。雑然とした街並みにゆっくりと溶けてゆくその色をぼんやり眺めながら、コーヒーを飲んだ。

三十分ほどが経った頃、電話がかかってきた。

液晶画面に表示されている発信者名を目にして、幸野は思わず眉をひそめた。

金を渡して縁を切ったはずの岩月からだった。

一体、何の用だろう。もう関わりたくなどなかったが、胸が嫌なふうにざわついて無視をする気にもなれなかった。出てみると、『このあいだはどうも』という悪びれない挨拶《あいさつ》のあとに、信じられない言葉が続いた。

『明日の十七時までに、またあと五百万、お願いしますよ』

強い不快感が込み上げてくる。

「――ふざけるなっ」

怒鳴りつけたかったのを辛うじてこらえ、低く威嚇する。

『ふざけてなんかいませんよ。年末は色々と物入りで、真剣に困ってるんですよ』

鼓膜に粘りつく声を響かせ、岩月が笑う。

『お兄さんは安定の公務員で独身。しかも、奏の話じゃ、長いこと女の影もないそうですから、相当貯めこんでるんでしょう？　袖振り合うも多生《たしょう》の縁じゃないですか。どうか、助けてもらえませんかね』

言葉だけは丁寧に岩月は幸野を脅す。

「そんな謂われも金もない」

『奏を、死んだほうがましだと思うような恥ずかしい目に遭わせたいんですか？』

「……どういう意味だ。データは消去したはずだろう」

奏は、岩月が自分を撮影したのは特定のデジタルカメラだったことや、撮影日を大体覚えていた。その認識とチェックしたデータは、ほぼ合っていた。

コピーの有無を何度も確認した上で誓約書を書かせたのに――。どうやら、端《はな》から約束など守るつもりはなかったらしい岩月への怒りが深くなる。

『ええ、あれはね。しましたよ。でも、今日、スタジオの大掃除中にまた見つけたんですよ。この前のよりもすごいやつ』

「……盗撮《とうさつ》したのか？」

『目の前にいい被写体があればつい撮《と》りたくなるのが、カメラマンの性《さが》なもので』

「何枚、あるんだっ？」

咄嗟《とっさ》に詰問《きつもん》した幸野に「一枚だけですよ」岩月は言った。

『これでも、奏のことは本当に好きだったので、盗撮しまくるような酷《ひど》いことはしていませんので』

浮薄な笑みを含んだ口調で岩月は続けた。

一枚だけですが、すごいど迫力のいい写真なんですよ、と。

『で、お兄さんに買い取ってもらえないかなーと思いまして』

「奏にはもう関わらないと誓約したはずだろうっ」

『だから、こうして、お兄さんに電話してるんじゃないですか』

岩月はおかしそうに笑って返す。

『じゃ、そういうことで、明日、よろしくお願いしますよ。期限に一秒でも遅れたら、即ネットに上げますから、そのつもりで』

「な――、おいっ」

期日を引き伸ばす交渉をする間もなく、一方的に通話が切れる。すぐさま掛け直すが、繋がる気配はない。タイムリミットの延長にも値引きにも応じないという意思表示なのだろう。

幸野は、スマートフォンをきつく握り締める。

一度だけのことならともかく、二度も続くのはかなりまずい傾向だ。奏を説得して、警察に行くべきだろうか。一瞬そう考え、しかしすぐに思い直して首を振る。

恐喝の証拠は録音しそびれてしまったし、被害届を出したところで、明日のタイムリミットまでに岩月を逮捕《たいほ》してもらえる人手が警察にあるとは限らない。期限に間に合わなければ意味がないし、この手の事件は担当者の当たり外れが大きい。もし、濃やかな配慮ができない刑事が粗忽《そこつ》に動いて通報したことを気づかれ、自棄になった岩月に、かなり過激なものらしい写真をばらまかれたりしては元も子もない。

永久に消えないネット上のデータに、奏は一生苛《さいな》まれることになってしまう。

そんな事態は絶対に避けねばならない。

奏はたったひとりの家族だ。守るのは、兄である自分の役目だ。腹立たしくて仕方ないけれど、ひとまず岩月の要求に応じるしかない。これからも続くかもしれない恐喝への対抗策を考えるのは、差し迫ったこの危機を一旦回避してからだ。

だが、銀行も、銀行系カードローンも、年収以上の借入の審査には時間がかかる。総量規制がある消費者金融は問題外。

正攻法では、明日の十七時までに五百万を用意するのは不可能だ。

鶴永のような奇特な業者とばったり出会える幸運など二度とないだろうし、もう今度こそヤミ金を利用するしかないのだろうか。

どうしよう、と三日前と同じ難題が頭の中を支配する。

息苦しくなり、落ち着こうとしてスツールから立ち上がったときだった。

ふと脳裏に、あの夜に聞いた伊豆倉の声が蘇って響いた。

――レアなものはいくら出してもほしい。ファン心理ってそんなものでしょう?

約束の時間の十五分前に、指定された割烹の格子戸《こうしど》をくぐった。

「いらっしゃいませ」

紺と赤の作務衣《さむえ》に前掛けをした女性店員が、明るい笑顔で出迎えに来た。間接照明がほのかな光を投げている店内はほどよく粋《いき》で親しみやすく、こざっぱりしていた。

予約は伊豆倉が入れている。そのことを告げているところへ、ちょうど伊豆倉も現れた。

一緒に案内されたのは、椿の一輪挿《ざ》しが飾られた六畳の和室だった。

脱いだコートを壁のハンガーに掛け、座卓を挟んで正座で向かい合う。

お酒は結構ですと断りを入れ、ほかの注文は伊豆倉に任せた。

「店の場所、すぐわかりましたか？」

注文を取り終えた店員が部屋を出たところで、伊豆倉が微笑みかけてきた。

「はい」

硬い声で小さく応じてから、幸野は膝の上で両手をきつく握った。

話しにくいことは引き伸ばせば引き伸ばすほど、言い出しづらくなる。

幸野は意を決し、口を開く。

「あの、課長。実は、お願いしたいことが……」

「そんなに改まらなくても、返済のことなら、幸野さんがご自身で無理のないように計画を立ててくださってかまいませんよ」

緊張をほぐそうとしているのだろうか。

伊豆倉は穏やかな声を紡ぎながら足を崩し、優雅な動作であぐらをかく。

「こう言っては何ですが、『秘書課の雪の女王』のファンとしては、返していただく必要がないくらいのいい思いをさせていただきましたから」

「――では」

高く声を放って、幸野は座していた場所を後ろへ移し、頭を深く下げた。

「私を、課長の好きなようにしていただいてかまいません。その代わり、あと五百万、貸していただけないでしょうか。明日の十七時までに必要なんです」

「……幸野さん？」

「恥知らずなお願いをしているのは、十分承知しています。でも、課長以外に、お願いできる人がいなくて……」

畳《たたみ》に額を擦りつけ、幸野は懇願《こんがん》を続ける。

「私は、自分が本当に、課長にファンだと言っていただくような価値のある人間なのかはわかりません。ですが、私は……、私の身体は……、何も知りません。あの夜の課長以外は」

「え？」

「本当のことです。私は子供の頃、よく変質者に寄ってこられて、他人への警戒心が強くなりすぎました。そのせいで、警戒する必要のない人とも、距離の取り方がわからなくなってしまい、お恥ずかしい話ですがこの歳まで友人も恋人とも縁がありませんでした」

見て確かめなくても、伊豆倉が驚いている気配をはっきりと感じる。

胸の中で膨らむ羞恥心をどうにか無視して、幸野は早口に捲し立てた。

「お好みに合う身体か、自信はありませんが、課長の好きにしてくださってかまいません。ですから、もう一度、お金を貸していただけないでしょうか。前回のぶんも合わせて、必ずお返ししますので」

部屋の中にほんの一瞬、沈黙が落ちたあと、「幸野さん」と呼ばれた。

「顔を上げてください」

やわらかな声音で促《うなが》され、幸野はおずおずと従う。

「他人との距離の取り方がわからない、と仰るのは、本当のようですね。いきなりそんな大胆な交渉をされるとは、ちょっと面食らいました」

伊豆倉は淡い苦笑を漏らす。

驚きながらも、幸野の言葉を信じてくれたようだ。

「必要になったというお金は、もしかして、先日の妹さんの件に絡んでいることですか？」

察しよく訊《き》かれ、幸野は頷く。

「今までも、たびたびお金の要求を？」

前回が初めてでした、と返す。

「本当は警察に行くべきなんでしょうけれど、警察を当てにしづらい類《たぐい》のことなので……。下手に動いて、妹の人生に傷をつけたくないんです。友人も恋人もいないからこそ、たったひとりの家族をどうしても守ってやりたいんです。どうか、お願いします」

「妹さん、その相手に大怪我でも負わせたんですか？」

「そういうわけではないんですが……」

この求めに伊豆倉が応じてくれれば、借金の合計は一千万になる。

もう今回は、ただ頼むだけですますわけにはいかない。幸野にも、借りる側の説明責任がある。それはもちろんだけれども、奏にとってはとてもデリケートな問題だ。万が一、あとで、岩月からの新たな恐喝や、この件を第三者に話したことを伝えねばならなくなったとき、奏の心をなるべく傷つけずにすむ言葉を探そうとしたせいで、つい声を呑んだ。

その言いよどみをどう解釈したのか、伊豆倉は幸野の答えを待たずに「わかりました」と微笑んだ。

「お金は明日の朝、すぐに用意しましょう」

「……よろしいんですか？」

あまりにあっさり承諾《しょうだく》されて戸惑う幸野に伊豆倉が「かまいません」と笑んだとき、料理が運ばれてきた。

真鯛《まだい》のカルパッチョにだし巻き卵、海老《えび》しんじょ揚《あ》げ、根野菜の煮物などの料理が盛られた皿が座卓の上に並べられる。

そのあいだ、伊豆倉はジャケットの内ポケットから取り出したスマートフォンを操作していた。おそらく、金の準備をしてくれているのだろう。

ウーロン茶のグラスが最後にふたつ置かれ、店員が部屋を出る。再びふたりきりになったところで、伊豆倉がウーロン茶のグラスを軽く掲げて話を続ける。

「お貸しするのは何の問題もありませんが、その代わり、今度は私からもひとつお願いをしてもいいでしょうか？」

「もちろんです」

「幸野さんには、動物アレルギーはありますか?」

「え? いえ、特には……」

脈絡のない質問を訝《いぶか》しみながら首を振ると、ますます不思議な言葉が聞こえてきた。

「では、私の出向期間が終わる来年の三月末まで、私と一緒に暮らして、夫婦ごっこをしてください」

「……すみません。今、夫婦ごっこ、と仰いましたか?」

聞き違いかと思ったのに、「そうです、夫婦ごっこです」とはっきりと返される。

「実は今、本気で落としたい——できることなら、生涯のパートナーになってほしいと望んでいる相手がいるんです」

そんなに好きな相手がいるのに、何がどうなれば自分と夫婦ごっこをしようという話になるのだろう。ますます謎が深まる思いで、幸野は「はあ」と目をしばたたかせる。

「ですが、まだ完全な片思い中で、アプローチができていないんです。なるべく早くしたいのはやまやまなんですが、そうするにはちょっと問題がありまして」

「その意中の方に恋人か配偶者がいる、とかですか?」

「幸い、その点は大丈夫です。シングルの人ですから。でも、いくつか障害があり、一番大きな問題は私なんです」

「課長?」

「ええ」

そう応えた唇に苦笑いが浮かぶ。

「私には以前、かなり長いあいだ半同棲状態だった恋人がいました。一緒にいることが家族よりも自然に思える相手で、そのまま人生を共にするんだろうなと何となく思っていました」

しかし、お互いの仕事の忙しさからのすれ違いが続き、別れてしまったそうだ。

約二年前の、総務省から佐保浜市役所への出向が決まる少し前のことだったらしい。

「その別れ際に、言われたんです」

――一緒に暮らして、つくづく実感した。あなたは遊び相手や恋人には不自由しない。でも、生涯のパートナーになる相手を見つけるのはきっと無理だよ。

「どうしてですか?」

「わかりません。それが問題なんです」

伊豆倉は小さく息をつき、ウーロン茶を飲んだ。

「こんなことを言うと馬鹿なナルシストっぽいですが、自分にどんな欠点があるのか、いくら考えても思い当たらなくて、その言葉がずっと胸に引っかかって抜けないんです」

微苦笑を滲ませ、伊豆倉は幸野を見た。

「幸野さん。これから三ヵ月間、私はあなたをパートナーとして大切に扱います。なので、あなたも私とは夫婦のつもりで私を観察し、私の中にある、生涯のよきパートナーになれない欠点を探し出して教えてほしいんです」

向けられる眼差しには強い色が宿っていて、幸野は「なるほど」と思った。

自分に求められている役割はテスター——要するに「お試し花嫁《はなよめ》」だ。

伊豆倉は、片思いをしているというその相手のことが、本当に好きらしい。そんな想い人がいるのに、ちょっと顔が気に入っているていどの「ファン」の男のペニスを嬉しがって咥えられる思考回路は、幸野の理解の範疇《はんちゅう》を超えている。

しかし、わかることもある。本気で落としたいからこそ、完璧な男としてアプローチをしたいのだろう、と。

真剣な光を湛《たた》える伊豆倉の双眸を、幸野は見返す。

一度目の五百万はフェラチオと引き替えに。

二度目の五百万は夫婦ごっこと引き替えに。

伊豆倉の出してくる条件は、どうにもおかしい。その私生活もきっと、相当におかしいはずだ。何しろ、ペニスが百合に見える目を持っているくらいだから。

とびきり美男の御曹司にもかかわらず、「生涯を共にしたくない」と思わせてしまう欠点が一体何なのか、想像するだに恐ろしくて、背筋にぞわぞわと粟立《あわだ》ちが広がった。

だが、幸野には拒む権利などない。できることは、伊豆倉のプライベートの顔が、なるべく普通寄りの変人でありますようにと祈ることだけだ。

「――わかりました。私でお役に立てるなら」

笑ったつもりの頬が、かすかに痙攣《けいれん》した。


合計で一千万になる借金の返済方法を詳しく決めて借用書を交わした翌朝、市役所前の駅の構内で伊豆倉と待ち合わせ、五百万を受け取った。

それから、岩月に金の用意ができたと連絡した。届けに来いと主張されれば、時間休を取ってそうするつもりだったが、岩月は午前中に近くで仕事をしているとかで、自分が佐保浜まで足を運ぶことを了承した。

岩月は車で来ると言ったので、昼休みに市役所の駐車場で会った。スーツのポケットに会話を録音するためのＩＣレコーダーを忍ばせて。

車の中で金を見せてからデータを消去させ、コピーがないことを確認した。それから、今回も一応誓約書を書かせた。岩月の性格を考えれば、何枚誓約書を書かせたところで抑止力にはならないだろう。だが、もし今後、法的措置《そち》を講じることになった際には、岩月を追い込む証拠になる。

「また、どこからか写真が出てきたりしないな？」

「そのはずですがねぇ」

助手席に座る幸野の手から金の入った紙袋をひったくり、岩月は運転席でにやつく。

一瞬躊躇い、しかしその逡巡《しゅんじゅん》を悟られないように表情を凍《い》てつかせ、幸野は岩月を睨んだ。

「これで最後だ」

「は？」

「次に同じことをしたら、通報する」

「可愛《かわい》い妹を見捨てる気ですか？」

「二度も助けた」

も、を幸野は低く強調した。

「兄としての義務は十分果たしたつもりだし、これ以上は助けたくても、もう金がない」

きっぱりと幸野は言う。

「独身の公務員の懐《ふところ》具合に妙な幻想を抱いているようだが、俺と奏が母子家庭で育ったのを知ってるだろう？　俺は大学の奨学金と、奏の馬鹿高かった専門学校の教育ローンの返済を抱えていて、生活に余裕はない。三度目があれば、必ず警察へ行く。奏は嫌がるだろうが、お前との交際には元々反対していたんだ。身から出た錆《さび》だと諦めてもらうしかない」

もちろん本心ではないし、できれば幸野も警察に行くことは避けたい。恐喝材料の写真を証拠品として、複数の捜査官や裁判官の目に晒《さら》したくはないので、年が明けたらすぐ、いい弁護士を探して今後の対処法を相談するつもりだ。

しかし、岩月には通報を決心したふうを装って告げた。

三度目がないように。もし、まだ隠し持っているデータがあっても、もう使えないと岩月が諦めるように、と祈る思いで。

「親なら何が何でも子供を守ろうとするだろうが、俺は生憎《あいにく》親じゃない。男を見る目がなかった馬鹿な妹の尻ぬぐいを、そう何度もすると思うなよ。ああ、だからって、奏に直接交渉しても無駄だぞ。あいつは絶対、俺に泣きついてくる。その時点で、即通報する。奏がなんと言おうとな。一千万も恐喝《きょうかつ》すれば、初犯でも実刑は確実だ。刑務所に入りたくなかったら、二度と俺たちに関わるな」

奏を貶《おとし》める言葉を吐くのは辛かったし、岩月がまだデータを持っていれば墓穴を掘って窮地に立つ可能性もあった。

だが、危険な綱渡りをした甲斐《かい》はあった。

岩月は青ざめ、明らかにたじろいでいた。

これで、岩月との関係は断てるかもしれない。そうなってほしいと願いながら、幸野は岩月の車を降りた。

やたらと忙しい仕事納めだった翌日はひどく寒く、午後から雪がちらつきだした。

退庁後は震えながら一旦《いったん》アパートへ戻り、昨夜準備したスーツケースを持って伊豆倉のもとへ向かった。幸野のアパートからは電車で約三十分、市役所からは一駅隣に伊豆倉は住んでいた。

マフラーに頤を埋めて駅の改札を出、上った坂道の先に、聞かされていた建物が見えてきた。中層で戸数も少ないようだが、洋館ホテルを思わせる贅沢かつ重厚な造りのマンションで、門扉を入ると共同玄関まで伸びる石畳の両側に庭が広がっていた。

照明が投げかけるやわらかなオレンジ色の光が、手入れの行き届いた庭の美しさを幻想的に浮かび上がらせている。とても官舎には見えないので、伊豆倉が個人で借りているのだろう。

共同玄関のオートロックを解除してもらい、最上階の四階でエレベーターを降りる。廊下の端と端に玄関扉が一つずつあった。教えられたほうの、左手側の部屋のインターフォンを押す。

すぐに玄関が開き、笑顔の伊豆倉が現れる。

「ようこそ。寒かったでしょう?」

伊豆倉はいかにも元・大名華族の血筋の御曹司らしい大島紬《おおしまつむぎ》の和装姿――などではなく、その長身に纏っていたのは清潔感のあるシャツとセーター、そしてジーンズだった。

けれども、首もとにはきっちりとネクタイが締められている。

職場でのスーツ姿と比べるとカジュアルではあるものの、御曹司はやはり一般庶民とは違って家の中でも眩しく洗練されている。

うっかり見惚《みと》れそうになるほど優美で、しかしかつて恋人に「生涯を共にしたくない」と思わせた私人としての伊豆倉を前にして、幸野は心臓が小さく跳ねたのを感じた。

――これから三ヵ月間の夫婦ごっこ。

それが、自分を助けてくれた伊豆倉に支払う代償なのだと覚悟は決めている。決して、逃げ帰りたいわけではない。だが、それでも、今晩、一体どんな伊豆倉の顔を見せられるのだろうと思うと浮き足立ってしまう。

「……はい。寒かったです」

うつむき加減にぎこちなく返すと、伊豆倉が「コートはこちらへどうぞ」と収納棚の扉を開けた。

「はい。ありがとうございます」

「そんなに畏《かしこ》まらないでください」

伊豆倉が苦笑して言う。

「すぐには慣れないかもしれませんが、ここを自分の家だと思って寛《くつろ》いでください」

それは無理な話だ。慣れ親しんだ狭い1Kのアパートがすっぽり入ってしまいそうな広い玄関ホールを持つ高級マンションで寛ぐことなど、きっと永遠にできない。

そう思いつつも、幸野は伊豆倉に精一杯の愛想笑いを向ける。

脱いだコートとマフラーを収納棚のハンガーに掛けると、壁面の鏡にスーツを着た自分が映った。その姿を見て、幸野はふと悩んだ。

幸野は私服にはあまりかまわないし、部屋着にはもっとかまわない。冬、部屋の中では数本のジーンズと色違いのハーフジップフリースを着回している。トランクに詰めて持ってきた部屋着もそれだけだ。

伊豆倉には鶴永のクラブで恥ずかしい姿を見られているし、十年公務員を続けたにしては情けない経済状況も知られている。今更気取ったり見栄を張ったりする必要もないだろうと思っていたが、本物の貴公子の前でフリースなど着てもいいのだろうか。

伊豆倉家には家の中でもネクタイ着用のドレスコードがあるのかもしれない。だとすれば、自分も寝るまでは、スーツのままでいるべきなのだろうか。

「どうかしましたか?」

「いえ……。あの、課長は家でもネクタイをされているんですね」

「普段はしませんよ」

伊豆倉は笑って言う。

「いつもは、パーカーなんかでだらっとしていますが、今晩は特別です。花嫁を迎える夜ですからね」

口調も眼差しも冗談めいてはいたものの、「花嫁」という言葉に首筋がざわめいた。

胸の中の緊張を煽《あお》られて咄嗟に返す言葉に困り、「はあ」とうつむいた幸野の手から、伊豆倉がスーツケースを「持ちましょう」と取る。

まずリビングへ通された。入って右手側に海の見えるベランダがあり、反対側にはダイニングとキッチン。そして、正面には扉がふたつある。それぞれ八畳の洋間になっているという。

「幸野さんは、あちらの部屋を使ってください」

キッチンに近いほうの部屋を指さされる。隣のベランダ側は伊豆倉の部屋だという。

与えられた部屋にはマンションの庭が見えるベランダがあり、ベッドと机とキャビネット、さらにクローゼットが備えつけられていた。居心地のよさそうな部屋に荷物を置いて出てくると、家の中を一通り案内された。

リビングからまた廊下へ戻り、水回りの場所の説明をされる。十分に人が住めるだろう広々としたトイレと浴室のほかにも、まだ扉がふたつある。六畳間と四畳間の部屋らしい。

普通、独《ひと》り暮らしの勤め人が住居に選んだりはしない4ＬＤＫ。しかし、伊豆倉は普通ではない。もしかすると、想い人をいつか射止められるという自信の表れの広さだろうかと一瞬考えたが、伊豆倉が佐保浜にいるのはあと三ヵ月だ。

「あの……、課長はこちらへ出向されてきてから、ずっとここにお住まいなんですか？」

ええ、と事もなげな頷きが返ってくる。

きっと、やんごとなき御曹司の住まいにはこのくらいの広さが必要なのだろう。

「六畳間のほうは私の書斎です。こちらの四畳間のほうには、幸野さんに紹介したい住人が住んでいます」

言って、伊豆倉は四畳間の扉をそっと開ける。

中は、ケージや木製のトンネル、低い階段、細々としたおもちゃらしきものが並べられた何だか不思議な空間になっていた。

ふと、木のトンネルから小さくて白っぽいものがちょっこり出ているのに気づき、動物アレルギーの有無を確認された理由がわかった。

伊豆倉はハリネズミを飼っていたのだ。

「名前はハリオです」

もうすぐ二歳になるという、ちょうど男の掌サイズほどのハリオは、トンネルの中から幸野をじっと仰《あお》ぎ見た。

そして、黒光りしているつやつやの鼻をふんふんと鳴らして見慣れない侵入者の匂いを嗅《か》ぐと、トンネルを出て、部屋の隅に置かれていた小さなガラスボウルのほうへ走っていった。それから、その中に仰向《あおむ》けの格好ですぽっと嵌《は》まった。

「ああいう丸い器の中に入るのが、ハリオのお気に入りの遊びなんです」

無防備にさらされたふかふかの腹部に、ちょこっと突き出てぴくぴく揺れている小さくて短いピンク色の四肢。

お気に入りの遊びでリラックスをしていることがわかる、とろんと垂れた目。

「……かわいいですねぇ」

幸野は思わず緊張を忘れ、相好《そうごう》を崩す。

「ハリネズミの針って、やっぱり痛いんですか？」

「緊張して立てていなければ、そうでもないですよ。人間の爪のような感じで。さすがにふわふわはしていませんが、素手《すで》でも持てますし」

「触ってみてもいいですか？」

「かまいませんが、でも、ハリオのほうから興味を持って寄ってくるようになってからのほうが、いいかもしれません」

伊豆倉は笑って、そう言った。

「初対面でいきなり触ると、驚いて、しばらく幸野さんを警戒するかもしれないので」

では、待ちます、と幸野はハリオをうっとりと見つめながら返す。

「あの子、いつから飼っているんですか？」

「佐保浜《こちら》へ出向してきたときからです。ちょっとした成り行きで」

ハリオは元々は、伊豆倉の弟のハリネズミだったらしい。

「弟の友人がハリネズミのつがいを飼っていて、繁殖に成功したら子供を一匹もらう約束したそうで、弟は楽しみにしていたんです。でも、いざ生まれていそいそと引き取った直後に運悪く、ひどい動物アレルギーになってしまって」

動物アレルギーは生まれつきのものもあれば、花粉症のようにある年のある日、突然発症する場合もあるそうだ。

「弟は実家で両親と暮らしているので、最初は両親に世話を頼もうとしたんです。でも『ネズミを飼うなんてとんでもない』と母が卒倒しかけて、名前にネズミがついていても本当はモグラだからと説得を試みたら、今度は花壇《かだん》を荒らすモグラに長年悩まされている父が『モグラとはけしからん』と怒り出したんです」

「え。ハリネズミってモグラなんですか?」

初めて知った情報につい声を高くすると、伊豆倉が「食虫目なので」と微笑む。

「まあ、そんなわけで、独り暮らしでも飼いやすい動物だからと弟に泣きつかれて、ハリオは私のところへ来たんです。私はペットを持った経験がなかったので、正直どうしようか迷いましたが、弟には大きな借りがあったので断れなくて」

どんな借りだろうと少し気になったが、家族間の何か込み入った事情かもしれない。

聞いていいものか迷った幸野の前で、伊豆倉はハリオを引き取って結果的に幸せになったこと、その幸せをもたらすハリオの愛くるしい生態を流れる口調で語りはじめた。

夜行性なので、日中は部屋のケージの中で眠っている。寝袋からいつも尻がはみ出している寝姿が、たまらなく可愛らしいそうだ。

目覚めるのは夕方。伊豆倉が帰宅後に餌《えさ》をやり、ケージの掃除をする。それから、ハリオはその日の気分によってリビングへ出てきたり、この部屋の中で遊んだりする。

好きなことはトンネル探検と、丸い身体にジャストフィットの器に嵌まること。

「動いているときとそうじゃないときと両極端なんですが、じっとしているときは大抵ああやって何かに嵌まってるんです」

「へえ。ハリネズミってぎゅっと丸まって針を立てているイメージがありますが、ハリオは逆にお腹を出すんですね」

「ええ、そうなんです」

ハリネズミは警戒心を感じたときに丸まるが、伊豆倉はハリオが丸まった姿をあまり見たことがないという。ハリオは伊豆倉の前ではふわふわでむっちりした腹を晒《さら》したり、身体を無防備にだらっと伸ばしていることが多いらしい。

「ハリネズミって基本的に警戒心が強くて、犬や猫ほどは人に懐かないものでなんです。でも、個体差も大きくて、ハリオは一般的なハリネズミと比べるととても人懐っこいんです。ほら、さっき、初対面の幸野さんを見ても丸まったり、針を立てたりはしなかったでしょう？」

伊豆倉の顔つきは、何だか子供を自慢する親のようだ。

幸野は妙に微笑ましい気分になりつつ「ええ、でしたね」と応じる。

「それから、ハリオは賢いんですよ。短いコマンドも覚えていて、機嫌のいいときには『お手』なんかもしますね」

「へえ、そうなんですか」

お手をするハリネズミを想像し、幸野は目もとをゆるませる。

「名前を呼ぶと、ちゃんと反応して寄ってきたりもします」

そうしたハリオの日々の姿を撮影し、伊豆倉は弟に写真や動画を送っているそうだ。そのやり取りはほぼ毎日あるらしいので、大きな借りがあるという弟とのあいだに亀裂はなく、仲はとてもいいようだ。

ハリオのことを一通り教わったあと、ダイニングへ招かれた。幸野が椅子に座ると、テーブルの上にはすぐに牡蠣《かき》の寄せ鍋が用意された。

向かい合う席に、一人用の土鍋《どなべ》と食器が手際よく置かれる。

白菜や椎茸《しいたけ》やしめじに豆腐、緑が鮮やかなセリや水菜。そして、光沢を帯びてぎっしりと並ぶ大粒の牡蠣。それらを包みこんでもわもわと上がる白い湯気に食欲が強く刺激された。

いただきます、とふたりで手を合わせ、まずメインの牡蠣を味わった。ぷりぷりとした弾力のある牡蠣の濃厚なうま味が、口の中いっぱいに広がる。

「すごく美味《おい》しいです」

「そう言っていただけて、嬉しいです。幸野さんのために腕をふるった甲斐があります」

「じゃあ、この鍋、課長が作ってくださったんですか?」

「ええ。せっかくなので、最初はフランス料理のフルコースでおもてなしするつもりだったんですが、デリバリーよりも自分で作れるもののほうが幸野さんを歓迎する気持ちをより伝えられるように思って。ちゃんと、伝えられたでしょうか?」

優雅な微笑みとともに問いかけられ、幸野も「はい」と笑う。

それは愛想笑いではなく、正直な気持ちだった。豪華なデリバリーよりも、手作りの鍋のほうがずっと嬉しいと幸野は感じた。

身体がほこほこと温まるからか、口へ運ぶたびに何だか幸せな気分になる牡蠣鍋を堪能《たんのう》していると、伊豆倉がふと「ああ、ところで」と幸野を見た。

「あの脅迫状の件、あれから、どうなりました?」

「今回は警護はつきませんが、市長のご自宅周辺のパトロールを強化してもらうことになりました。市松市長の場合、ご自身の舌禍《ぜっか》の面が多分にありますし、費用は税金で賄《まかな》われることを考えると、脅迫状が来る度《たび》に警護要請をするわけにはいきませんが……」

心配です、と幸野は小さく息をつく。

「大変ではありませんか?」

「何が……、ですか?」

質問の意味が咄嗟に理解できず、幸野はまたたく。

「西尾係長が入院されているあいだ、市長の行政に関する秘書業務の実質上の責任者は幸野さんということになっているでしょう？　ご自分の仕事もこなしながら、本来、奈良坂課長がされるべきことまで幸野さんの負担になるのでは、大変ではありませんか？」

「いえ。そんなことはありません」

強く首を振って否定すると、伊豆倉の双眸がやわらかに細くなる。

「向井さんなんかは奈良坂課長に結構手厳しいですが、幸野さんは違いますね」

妻子の葬儀を終え、忌引《きび》きが明けたあとの奈良坂の変わりようには、誰もが驚いた。ただぼんやり椅子に座って一日を終えることも多く、副市長を中心とした幹部の中からは「休職させたほうがいいのではないか」という声も挙がった。

だが、奈良坂はしばらくのあいだ仕事のペースを落としても、失われない大きな功績をこれまでに残している。それに、徐々にではあるが、確かに回復している。

いつかきっと、奈良坂は元に戻るはずだ。秘書課の課員だけでなく、市長の市松もそう考え、奈良坂の休職や配置換えを許さなかった。

もちろん、給料が税金から出ている以上、無期限にではなく、二年という期限を設《もう》けてのことではあるものの、そうした市松の対処に幸野は密《ひそ》かに感謝している。

「彼女は今年度からの秘書課勤務で、以前の課長を知りませんから……。でも、私は、奈良坂課長がどんな方か、よく知っています」

一年前の葬儀にも参列し、頻繁《ひんぱん》に市長室に出入りしているために秘書課の事情にも通じ、しかし奈良坂の為人《ひととなり》を詳《くわ》しくは理解していないだろう伊豆倉を、幸野はまっすぐに見据える。

「秘書課はいわゆる花形部署ですが、私は書類とパソコンだけが相手のデスクワークのほうが好きなので、渉外《しょうがい》業務が多い秘書課への異動はまったく希望していませんでした。それに、市政のトップである市長や副市長を自分がサポートしなければならないことにもプレッシャーを感じ、異動当初は戸惑うばかりでした……。でも、そんな私を、奈良坂課長は変えてくださいました」

——書類相手に黙々と細かい検討を重ねるのも大事な仕事だが、秘書課にいると佐保浜全体がどう動いているのか、日々この肌で直《じか》に感じられるんだぞ。

——責任も大きいが、そのぶん、やりがいも大きい。毎日、佐保浜をいい街にしていきたいって気持ちが膨らんでいくんだ。

——自分の志の熱さが、こんなにダイレクトに比例して返ってくる得な部署はほかにないぞ、幸野！

秘書課の仕事のイロハだけではない。市役所職員としての心構えを改めて教えてくれた奈良坂は幸野にとっては尊敬すべき上司で、それは今も変わらない。

「今は、家族を一度に喪った孤独感に苛まれているのでしょうけれど、奈良坂課長はいずれ立ち直ってくれるはずです。私はそう信じています。だから、それまでは、私にできることをするのが、課長への恩返しだと思っています」

この一年、奈良坂のフォローは係長の西尾と分担しておこなってきた。家族をこよなく愛する西尾は激務と家庭の両立の無理が祟《たた》って二ヵ月療養することになったが、幸野には仕事以外に時間を割《さ》きたいことはない。

西尾の戦線離脱によって確かに負担は増えたものの、それを辛いとは感じない。

「幸野さんのそういうところ、ファンになった理由のひとつです」

「え……」

「幸野さんって、一見して『雪の女王』の渾名がぴったりの、無表情な美人でしょう？　でも、表情の変化には乏しくても、内面はとても優しくて、温かい。人一倍、他者を気遣うことができる人です」

穏やかな声を紡ぎながら、伊豆倉は流れる仕種で肘《ひじ》をついて笑う。

「幸野さんが外見通りの冷たい美人なら、『綺麗な顔をした人だ』と一瞬思って終わっていたでしょうけど、秘書課を何度も行き来するうちに幸野さんの内面がだんだんとわかってきたことで興味を惹かれ、ファンになったんです」

——顔ではなく、内面に興味を惹かれて。

そんなことを言ってくれたのは、伊豆倉が初めてだ。

告げられた言葉が鼓膜に沁みこみ、胸がひどくざわめいた。

胸を熱くするそのざわめきのせいなのか、目の前の優雅なる変人御曹司が何だかやけに輝いて見える。

「……それは、あの、ありがとうございます」

「どういたしまして」


とても美味しかった牡蠣の寄せ鍋で身体を温めたあと、合い鍵を渡され、これからの生活について話し合った。

帰宅時間は毎日に報《しら》せ合《あ》うこと、その方法。伊豆倉が遅くなる日のハリオの世話の仕方。

そして、家事について。

実家は松濤《しょうとう》にあるそうだが、大学生の頃から独り暮らしをしているという伊豆倉は、家事はすべて自分でする派らしい。

「……ということは、スーパーへの買い物も課長がご自分で行かれるんですか？」

問うと、「ええ。特売日のチェックもちゃんとしていますよ」と自慢げに返された。

「掃除も、課長がおひとりで？」

「もちろんです、と言いたいところですが、そちらの主力はロボットです」

笑ってそう答えた伊豆倉に、所有している掃除ロボットたちを紹介される。なかなかの家電マニアぶりを披露《ひろう》され、幸野は少し面食らった。

てっきり、家政婦を雇っているのだろうと思っていたので驚きつつ、家事の分担を決める。

それから、三ヵ月間の共同生活にかかる費用についても。食費は折半。固定費についてはハリオのために使っているものが大きいとのことで、幸野は定額を伊豆倉に渡すことになった。家賃も可能な額を払うつもりだったが、「私が頼んで来ていただいたので、それは結構です」と伊豆倉に押しきられた。

細々とした取り決めが成立すると、交替でシャワーを浴びた。

「じゃあ、そろそろ寝ましょうか」

もうすぐ日付が変わる時刻で、明日は休み。

今夜は伊豆倉のベッドで組み敷かれるつもりでここへ来た。なのに、伊豆倉は「では、お休みなさい」とあっさり自分の部屋へ向かおうとした。

幸野は困惑しながら、思わず伊豆倉を呼んだ。

「——あの、課長」

「はい、何でしょう」

「お金を貸していただくかわりに、三ヵ月間、課長と夫婦ごっこをするというお約束をしたはず……ですよね？」

「ええ、そうですね」

「じゃあ、その……、どうして……」

自分から引き留めはしたが、慣れないことなので言葉を濁《にご》すしかできない幸野に、伊豆倉は「ごっこはあくまで、ごっこですから」と微笑んだ。

「それに、私はお金で誰かの身体を買うのは好きではありません」

幸野に向く伊豆倉の眼差しは清廉《せいれん》以外の何ものでもなかった。

告げられた言葉は偽《いつわ》りではないとはっきりと直感でき、だからこそ幸野は困惑を深めた。

「でも、課長、クラブでは……」

あんなに変態めいていたのに、と反射的に思った疑問を幸野は呑みこんだ。

「あのときは、ああでも言わないと、幸野さん、私からお金を受け取ってくれなかったでしょう？　私は本当に、あの眼福の光景に感動しましたし、そのお返しにあなたを助けたかったんです」

「……じゃあ、私は三ヵ月のあいだ、何をすればいいんですか？」

「言ったでしょう？　私のパートナーになったつもりで、私の欠点を探してください。それが、私が幸野さんにお願いしたいことです」

「もし、同居中に見つからなければ……？」

「仕方ないと諦めます。幸野さんにペナルティーはありませんから、その点はご安心を」

できません、と幸野は強く首を振る。

「それでは、私ばかりが得することになってしまいます……」

伊豆倉は幸野とは金銭感覚が違うのだろう。五百万だろうが、一千万だろうが、子供の小遣いていどにしか感じていないのかもしれない。

しかし、だからと言って、その状況を喜んで受け入れられるほど厚顔にはなれなかった。

「私にも、確実に課長のお役に立てることをさせてください」

伊豆倉はしばらく考えこむ表情で黙っていたが、やがて口を開いた。

「では、朝起きたときと、夜眠る前に、キスをさせてくれますか？　幸野さんの下の唇に」

下の唇。――つまりは、尿道口へのキス。

伊豆倉が普通ではないという認識はもう十分持っていたものの、想像を遥かに超える要求に幸野は唖然とした。

「私は、あんなに可憐な乙女百合そのもののペニスを見たのも、真珠のようなつやと輝きを宿す美しい唇を見たのも、初めてだったんです。一目で心を奪われました」

滔々《とうとう》と語られる言葉を、幸野はただ目をしばたたかせて聞いた。

「ゲイではないあなたには、同性の私にそんな大切な場所に触れられるのは陵辱《りょうじょく》以外のなにものでもないでしょう。ですが、それ以上のことは決してしません」

あ、と幸野は思う。

そう言えば、伊豆倉には、自分はゲイではない、と偽りを告げたままになっている。

真実を明かすべきだろうか。だが、今、訂正するのは、キス以上の淫らな行為をねだってしまうことになるような気がして躊躇われた。

どうしよう、と悩む幸野を、伊豆倉が熱っぽく見つめて言う。

「約束するので、許していただけるなら、毎日二回、キスをしたいです」

不快感や拒絶感は少しも湧かなかった。

代わりに、なぜだろうと強く驚き、それからふと閃《ひらめ》くように思った。

――もしかしたら、この特殊な嗜好《しこう》が、生涯のパートナーを得られない欠点なのではないだろうか、と。

「……あの、失礼ですが、私には、課長はその、少し……変わった性癖《せいへき》をお持ちのように思えるのですが……」

かもしれません、と伊豆倉は微笑む。

「私も、自分にこんなフェティシズムがあったことを発見して、自分の意外性に驚いています」

「――え。じゃあ、課長を振った恋人には、同じことはされていないんですか?」

「ええ、していません」

では、幸野の推理は外れだ。

伊豆倉の元恋人は、一体伊豆倉の何を欠点だと見なしたのだろう。

真剣に考えかけた幸野に、伊豆倉が「それで、どうでしょう?」と答えを促す。

「もしOKしていただけるのなら、ベッドは今晩から一緒のほうが嬉しいのですが」

元々、この身体を伊豆倉に渡すつもりだったのだから、異存はない。

幸野は頷く。

「じゃあ、来てください」

手を引かれ、伊豆倉の部屋に入る。そこは、キングサイズのベッドとサイドテーブルだけが置かれ、ウォークインクローゼットだろう扉があるだけの、シンプルな空間だった。

ベッドの上にそっと載せられ、やはり優しい手つきで下着ごとパジャマのズボンを下ろされる。剥き出しになった肌に、夜の空気が纏わりつく。

「……ふっ」

伊豆倉は幸野の脚《あし》のあいだに屈《かが》みこみ、空にやわらかく垂れているペニスを掌に載せた。

「本当に、夢のように綺麗な唇です。同じ人間のものとは思えません」

なめらかな声音がうっとりと紡がれる。

甘い吐息を感じ、ひくんと波打ったそこへ、温かな唇が押し当てられた。

「んっ……」

あの夜のようにそのまま口に含まれてしまうのかと思ったけれど、伊豆倉は約束通り、キス以上のことをしなかった。

「今晩はとてもいい夢がみられそうです」

下ろしたズボンと下着を元に戻し、幸野に布団と毛布を掛けると、伊豆倉は少し離れた場所に自分も横になった。

「お休みなさい、幸野さん」

「……お休みなさい、課長」

小さく返すと、リモコンの電子音がして照明が落ちる。

部屋の中は闇に包まれたけれど、ペニスの先にはじんじんと不思議な熱が灯《とも》っていた。そっと優しく、ほんの一瞬のキスをされただけなのに、その熱は全身へ瞬《また》く間に広がった。

頭の中でも胸の中でも火照りがぐるぐると回っていて、何だか眠れそうにない。

「……課長」

はい、とやわらかい声が部屋の中に響く。

「もしかして課長は、前の恋人の、私とはべつのおかしなところにキスをしたりしていませんでしたか？」

それが、嫌がられた原因ではないだろうか。

火照《ほて》りを冷まそうとして、そんな推測してみたが、答えは「いいえ」だった。

「彼とのセックスは、至ってノーマルでした」

「……そう思っているのは、課長だけ、ということはありませんか？」

「可能性はゼロではありませんが」

淡い笑みを含んだ声で、伊豆倉は言う。

「でも、今は確かめられませんしね」

――今は。

今は確かめられない、ということは、いつかは確かめる気があるのだろうか。この自分の身体で。

ふとそんな想像をしてしまった胸が、よけいに騒がしくなる。

どんどんと跳ね出した心臓を宥めるため、幸野は深呼吸をしてべつの話題を考えた。

「……あの。今、課長が好きな方はどんな方なんですか？」

「そうですね。一言で言うと、難しい人です」

「難しい？」

「ええ。難攻不落っぽくて、攻略の仕方がわかりません」

「課長でも、そんな悩みを持たれるんですね」

意外に思って小さく笑い、ふいに湧いた今更ながらの疑問を向ける。

「ちなみに、確認していませんでしたけど、その方、男性ですよね？」

「もちろん、そうです」

伊豆倉は数年内の政界入りが噂されている。幸野の耳にも届くくらいなので、確実なことのはずだ。

同性カップルに結婚相当の扱いを認める自治体がちらほら出てきたとは言え、日本の政界は保守的で、同性愛にはまだ厳しい印象がある。

難攻不落らしい想い人と無事結ばれることができた場合、伊豆倉は政界進出後には表向きは独身を通し、秘密裏に家庭を持とうと考えているのだろうか。

だが、それは、支援者を欺《あざむ》き、パートナーを傷つける行為に思える。

もちろん、政治家も人間なので、誰しも知られたくない秘密のひとつやふたつは持っているだろうし、何もかもを馬鹿正直に公《おおやけ》にする必要があるとも思わない。

けれども、結婚しているのに独身の振りをするのは、伊豆倉にはそぐわない気がする。

伊豆倉はどう考えているのだろう。

訊《き》きかけて、けれども自分がずかずかと踏みこんでいいことではない気がして口をつぐんだ幸野を、伊豆倉が呼んだ。

「幸野さんのことも、少し訊かせてください」

「どんなことですか?」

「幸野さんの頭の中にあるのは、仕事のことと妹さんのことだけですか?」

「え……?」

「幸野さんには、気になっている人はいないんですか?」

今は伊豆倉のことを気にしていた。

べつに疚しいことを考えていたわけではない。ただ、純粋な疑問を転がしていただけだったのに、なぜか狼狽えてしまい、舌が縺《もつ》れた。

「もしかして、同期の方じゃありませんか？」

「……え？」

気になっている同期。恋愛感情とは関係ない意味でなら、大学のゼミで同期だった内本のことを少し気にしているが、伊豆倉が内本の存在を知っているはずがない。

一瞬、誰のことを言われているのかわからず、幸野は首を傾げた。

「観光振興課の深山さん、でしょう？」

深山が籍を置く観光振興課と、伊豆倉が統括する国際政策課は同じフロアにある。伊豆倉が深山を知っていても不思議ではないが、なぜここで彼女の名前が出てくるのだろう。

不思議に思った脳裏に、ふとある記憶が蘇る。

ゲイクラブで伊豆倉と鉢合《はちあ》わせして、登庁が憂鬱で仕方なかったあの月曜日の朝。結婚を控えて幸せそうな深山を羨《うらや》みながら眺めていたときに、伊豆倉に声を掛けられた。

もしかしたら、あの羨望《せんぼう》の眼差しを恋のそれと勘違いされたのだろうか。

反射的に訂正しようとして、けれどもやめた。

伊豆倉の勘違いを利用して頷けば、ゲイではないとついてしまった嘘に信憑性《しんぴょうせい》を持たせられる気がしたのだ。

「……そう、です」

「それは苦しい恋ですね。深山さんは、もうすぐ結婚されるでしょう？」

結婚式の招待状をもらいました、と静かに続ける。

「私もです。そのこともあって、最近の私は色々と破れかぶれなのかもしれません」

迷いながらも、幸野はもっともらしい嘘を重ねた。

正しいことだとは思わない。けれど、もう今更気まずくて本当のことは言い出しにくい。

「元気を出してください。失恋は悲しいことですが、きっとまた次の恋を見つけられます。人間は、悲しんでばかりはいられない生き物ですから」

慰《なぐさ》めてくれる温かな言葉が胸に沁みた。

伊豆倉は変人だが、優しい。世が世なら藩主となった生まれの貫禄《かんろく》なのか、年下なのにとても頼もしい。まだまだ理解しきれない部分もあるけれど、この数時間で伊豆倉という男への好感が幸野の中で確かに生まれていた。

そんな相手に嘘をついている罪悪感からか、舌がひどく重く感じて返事ができなかった。

「おはようございます。朝陽を浴びて輝く乙女百合の麗しさは格別ですね。幸せすぎて、目眩がしそうです」

夫婦ごっこ二日目は、そんな挨拶とペニスへのキスで目覚めた。

「……おはようございます」

爽やかな朝陽を纏って喜色を湛える美しい御曹司の変人ぶりも、また格別だ。決して嫌なものではないけれど、夜にそうされたとき以上に何だか首筋がぞわぞわしてしまった。

冷たい水で顔を洗って肌の火照りを冷まし、フリースとジーンズに着替えてダイニングへ行くと、すでに朝食のしたくがすんでいた。

夕食や休みの日の昼食は交代制だが、朝は自分が作りたいと伊豆倉が強く主張した献立《こんだて》は、炊きたてのご飯にきのこと野菜の味噌汁《みそしる》、盛り上がった黄身が太陽のようにぴかぴか輝いている目玉焼きに焼き加減が絶妙の鮭《さけ》、ざっくり切ったトマトにオリーブオイルと塩胡椒《しおこしょう》をまぶしたサラダだった。

テーブルに向かい合わせに座り、伊豆倉とふたりで「いただきます」と手を合わせる。

最初に味噌汁を飲んだ。特別に手の込んだものではない、おそらく昨夜の鍋のあまりものが具材になっているのだろう味噌汁は、口に含むとなぜか懐かしい味がした。

「味、濃すぎたり、薄すぎたりしていませんか?」

「いえ、ちょうどいい加減で、すごく美味しいです」

よかったです、と伊豆倉が笑う。

「そう言えば、味噌汁を作りながら、確認し忘れていたことを思い出したんですが、幸野さんは朝はご飯派ですか、パン派ですか？」

トマトを食べながら微笑みかけてきた伊豆倉は、どちらもあり派だという。

駅前に、焼き上がるとすぐに完売する絶品バゲットが看板商品のベーカリーがあり、帰宅時に運よく買えた翌朝はパンらしい。

「まあ、なかなか買えないので、割合的には和食の朝が多くなりますね」

「私もどちらもあり派です。でも、平日はトーストをぱっと齧《かじ》って出ることがほとんどです。母が元気だった頃は、朝はご飯と味噌汁だったんですが。どんなに忙しくても、朝は必ず野菜がたっぷり入った味噌汁を作ってくれたので」

言いながら、ふいにその当時の朝の食卓を思い出し、幸野は小さく笑う。

「どうかしましたか？」

「いえ。今、考えてみたら、母の作る味噌汁は、味噌汁と言うより、野菜のごった煮だったな、と思って。朝はたっぷり栄養をとらないと、が母の口癖で、冷蔵庫にある野菜をとにかくたくさん詰めこんでいましたから」

トマトやカリフラワーなんかが入っていた日もありました、と幸野は苦笑をこぼす。

「私もよくやりますよ、そういうの」

「え？　味噌汁にトマトやカリフラワーを、ですか？」

「ええ。冷蔵庫にあるものなら、大抵何でも。総務省にいた頃は、ほぼ毎日そういう味噌汁を飲んでいました。なんと言っても、官僚は身体が資本ですから」

「……はあ」

最初は不思議に感じる言葉だったが、話の先を聞いてみて、なるほどと思った。

中央省庁に勤務する官僚たちはとても多忙だ。特に国会期間中、霞《かすみ》が関《せき》は不夜城に、官僚は屍《しかばね》と化す。そんな特殊な環境下では、食事に気を遣っていなければ、本当の死体になってしまうのだ、と伊豆倉は苦笑交じりに言った。

「朝、晩の味噌汁に野菜をたくさん投入すれば、効率よく栄養を摂取《せっしゅ》できるでしょう？　私も、味噌汁風・野菜のごった煮で、国会期間中を乗り切っていました」

味噌汁にとにかく野菜をたっぷり入れて栄養補給をする方法は、テレビの健康番組で仕入れた知識だという。

そう聞かされ、健康番組に熱心に見入る御曹司を想像して、幸野は頬をゆるめる。

「課長は、ご自分で料理をされるのが基本なんですか？」

「外食が多い時期もありましたが、ここ四、五年はそうですね」

「あの、課長のご実家は、元・お殿様ですよね？」

「はい。仙波藩《せんばはん》の藩主でした」

「仙波藩……。北陸《ほくりく》、でしたっけ?」

あまり得意ではなかった日本史の記憶を、幸野は懸命に引っ張り出す。

「ええ」

「藩主の末裔《まつえい》と、味噌汁風・野菜のごった煮って、意外な組み合わせですよね」

「そうですか?」

「私の庶民的想像では、世が世ならいずれお殿様になられる方の食事って、専属の料理人が作る豪華なものかと」

「私は、実家から独立した身の一公僕にすぎませんから、日々の食事はごく普通です」

言って、肩をすくめたあと、伊豆倉は悪戯っぽく笑ってつけ加えた。

「でも、実は、実家には専属の料理人がいたりします」

きっと豪邸だろう、専属料理人のいる松濤の実家。そして、職場で纏う上等のスーツやこの高級マンション、本気の恋と戯《たわむ》れにほかの男のペニスを愛《め》でる感情を明確に分けられる思考回路は、さすがに常人離れしている。

そんないかにも高貴な生まれの御曹司ぶりの中に混在している庶民性。意外に感じると同時に、何だか微笑ましくもある。

そう思いながら味噌汁を飲み、ふと幸野は気づく。

最初の一口でなぜだか懐かしさを覚えたこの味。冷蔵庫のあまりもの野菜を煮込んで母親が作ってくれた味噌汁のそれに似ているのだ。

さらにまた一口飲んで、甘みの強い野菜を嚙みしめると、身体がほっくり温まっていった。


人間とは、自覚している以上に高い順応能力を持っているらしい。

『お休みなさい、乙女百合。ゆっくり休んで、明日も麗しく輝いてください』

『おはようございます。朝陽の中で瑞々《みずみず》しく煌めく姿、素敵です』

朝と夜にそんな変わった挨拶と共にペニスの先端に口づけられるたび、最初はぞくぞくして肌が火照っていた。

ネットで画像検索してみた乙女百合と自分のペニスの類似性についても、どうにも納得ができなかった。確かに、ピンク色の淡さは似ているかもしれない。だが、ペニスはペニス、百合は百合だ。立場的に口に出すのはこらえたが、どんな目をしていればこの自分のペニスが百合に思えるのか、いささか不本意でもあった。

しかし、一週間もするとすっかり慣れてしまった。

その土曜日の朝も、幸野はいつものように伊豆倉からのキスで目覚めた。

「おはようございます。今朝も、朝陽よりも典雅な美しさに感嘆せずにはいられません」

「おはようございます。私も課長の修飾語の豊富さに、朝から感嘆してしまいます」

笑って挨拶を交わし、着替えて顔を洗う。

雑穀米に、味噌汁風・ごろごろ野菜のスープ、ベーコンとほうれん草が添えられた黄身の大きな目玉焼き。ごく普通だけれど極上の朝食をすませると、今朝のそれぞれの当番の家事をした。幸野は食器洗い。伊豆倉は円形や三角のロボットたちを操りながらの掃除と洗濯。

それから、むっちりと丸い尻と短い後ろ足を寝袋からはみ出させ、何やら「べちょっ」という雰囲気で俯《うつぶ》せに伸びて眠りにつくハリオの撮影会をした。

「ハリオの寝相って、ちょっと死体みたいですよね。可愛《かわい》いですけど」

「ええ。ハリオだと、寝相が死体のようでもどうしようもなく可愛いでしょう？　あんまり可愛い死体ぶりを披露《ひろう》された朝には撮影に力が入って、うっかり遅刻しそうになります」

「今日が土曜でよかったですね、課長」

「ええ。まったくです、幸野さん」

きっと他人にはこの上なく馬鹿馬鹿しく聞こえるだろう会話を交わしながらハリオの寝相をたっぷり撮影したあとは、ふたりでスーパーへ買い出しに出かけた。

スーパーは、伊豆倉のマンションから徒歩で十分ほどの坂の下にある。伊豆倉は車を所有しており、雨が降っていたり、多く買い込む予定の日には車を使う。

今日は寒いが晴天なので、伊豆倉のリクエストで「夫婦らしく」歩いて行くことにした。

並んで坂を下っていると、強い風が吹きつけてきた。

伊豆倉の黒いロングコートの裾《すそ》が、冷たい風をはらんで揺れる。

「それで、私の欠点、何か見つかりましたか？」

「生憎、今のところは何も」

ひとつ屋根の下で「夫婦ごっこ」を始めて一週間以上が経った。

互いに家族と過ごした元旦をのぞいて、定期的に繰り返されている質問に、幸野はいつも同じ答えを返していた。

べつに、意外と居心地よく感じるようになってしまった日々に馴染むあまり、自分の役割を忘れてさぼっているわけではない。探す努力はしているが、何も見つからないのだ。

家事好きで、料理上手で、ペットのハリネズミをこよなく愛する優しい男。しかも、とびきりの美形。

同居を始めてまだ一週間なので、伊豆倉が無意識に隠している顔があるのかもしれない。だが、その気配をまったく感じられない幸野には、伊豆倉の元恋人が何を見て重大な欠点だと感じたのか、不思議でならなかった。

「強いて言えば、あんなところへキスをしたいと仰るような変態性くらいです」

「それは幸野さんにしか覚えない限定的な欲望ですから、私はほかの全人類に対してはノーマルです。まあ、乙女《うと》百合なペニスがほかにも存在するなら、話はべつですが」

幸野は色恋には疎《うと》いが、尿道口に口づけたいと思う性癖が絶対的におかしいことくらいはわかる。念のために、ネットで調べてみたので確実だ。

なのに、「変態」と呼ばれたくはないらしい伊豆倉が、不服げに片眉を跳ね上げる。

「見つけられなくてもペナルティーはないとは言え、私はかなりまじめに『夫婦ごっこ』をしているので、幸野さんもまじめに探してください」

ニット帽に黒のロングコートにジーンズ、そしてブーツ。

どちらかと言えばワイルドな出で立ちなのに、コートの裾が風に大きくなびくたび、なぜだか凜々しい若武者の隣を歩いているような気分になる。

「鋭意努力いたします、殿」

「何ですか、殿って」

「今日の課長、何となく殿っぽいなと思いまして」

「幸野さん、視力は大丈夫ですか?」

「ええ。両目とも裸眼で一・五あります」

「じゃあ、スマホ老眼ですか?」

「そうかもしれません。課長が格好よくしか見えないので」

「それは、ありがとうございます。幸野さんも、冬の空と冷たい風が似合う美しい雪の女王ですよ。ここが路上であることを忘れて、見惚れそうになります」

言って、伊豆倉があでやかに笑う。

向けられる笑顔がやけに甘く思えて、幸野はうつむく。伊豆倉になら、顔を褒められても嫌な気はしない。けれども、こんなときに何と返せばいいのか、わからなかった。

「……あの、ところで、課長は、意中の方の趣味はご存じですか？」

男なのに「美しい」と賛美され、礼を言うのも何だか変な気がして、脈絡のないことを口にした幸野に、伊豆倉が少しおかしそうに双眸を細めた。

「どうしてですか？」

「もしご存じなら、そこから攻めてみては、と……」

口にして、そんなことくらい伊豆倉はとっくに考えついているはずだ、と慌てる。

だが、伊豆倉は幸野の案を笑ったりせず、「そうですねぇ」と鷹揚《おうよう》に頷いた。

「たぶん、趣味だろうなと思うことは知っています」

「何ですか？」

「歌です。でも、細かいジャンルまではまだわかりませんし、話すきっかけを作りたいとは思っているんですが、何だかいつも軽くあしらわれてしまって、上手くいかなくて」

「課長が、軽くあしらわれるんですか？」

「ええ、軽く。声を掛けても、相手にしてもらえません」

「そうなんですか。なかなか、難しい人なんですね……」

「でしょう？　まあ、だから、よけいに気になるんですが」

意中の相手に思いを馳《は》せるように双眸を細めた伊豆倉の家のことを、幸野は数日前、乙女百合の検索をするついでに少し調べてみた。

伊豆倉家は、かつて北陸地方の南部を領有した外様《とざま》の大藩・仙波藩の当主だった。明治維新後は侯爵に叙《じょ》せられ、元々豊かな藩だったことに加え、賢明な当主が続いたため戦後も没落《ぼつらく》することはなかったようだ。

婚姻《こんいん》で財界や法曹界《ほうそうかい》との繋《つな》がりを深めながら、日本の中枢《ちゅうすう》で圧倒的な存在感を示す名門であり続け、今なお絶対的な忠誠を誓《ちか》い、伊豆倉家に仕《つか》える元臣下の家系の者も多いらしい。

家柄も学歴も職業も、そして容姿すら完璧な御曹司を鼻であしらっているのは、どんな人物なのだろう、と幸野は思った。

伊豆倉の何が気に入らなくて、まるで相手にしないのだろう。

聞いた話だけから判断すると、結構高慢そうな印象を受けるが、袖にされ続けてもなお伊豆倉が恋情を深めるくらいだから、よほど魅力的な人物なのだろうか。

伊豆倉はとてもいい男だがいささか普通ではない性癖も持っているので、恋の相手にも少し変わった人物を選ぶのだろうか。

自分だったら、恋をするなら、尊大なところのない、優しくて楽しい相手がいいのに。

そんなことをぼんやりと思っているあいだに、スーパーへ到着する。

「幸野さん。お昼、カルボナーラにしようかと思ってるんですが、どうですか？」

今日の昼食当番の伊豆倉が、笑んで尋ねてくる。

「いいですね。胡椒は強めでお願いします」

そう応じて、店内へ入ろうとしたときだった。ふいに、どこからか「え、やだ……っ。ちょっと、何ですか！」と女性の高い声が聞こえた。

周囲を見回すと、駐輪場に自転車をとめていた若い女性が、白髪の老人にコートを引っ張られ、もみ合っていた。

「わしの朝メシ、まだ作っとらんだろう。どこへ行くんだ」

「だから、人違いですって！」

女性は怯《おび》えた顔で老人の手を振り払い、逃げるように店内へ姿を消した。

ぽつんとその場に立ち尽くす老人は薄手のトレーナー姿だ。この一月の寒空の下で、明らかに様子がおかしい老人を見やり、伊豆倉が「あ」と声を漏らした。

「知ってる人ですか？」

「ええ。でも、一方的にですが」

先月の初め、伊豆倉は庁舎内でその老人を見かけたという。

市役所の近所に住んでいるらしい老人は認知症を患《わずら》っていて、家族が目を離したすきに家を抜け出し、庁舎内へ迷いこんできたそうだ。

伊豆倉は老人のそばへ近づいていく。幸野もそのあとに続いた。

「こんにちは、お爺《じい》ちゃん」

穏やかに声を掛けた伊豆倉の視線が、老人の履《は》くスニーカーへ落ちる。

スニーカーの爪先の部分には、家族が徘徊《はいかい》対策として講じたものらしい名前と電話番号が書かれていた。その番号に、伊豆倉がスマートフォンで電話をかける。老人を探していた家族はちょうど近くにいるようで、すぐに到着するという。

それまで、三人でこの場で待つことにした。

「お爺ちゃん、寒いでしょう」

伊豆倉が脱いだコートを掛けると、老人は「ほう、こりゃ、あったかい」とご機嫌な様子で笑った。だが、次の瞬間には怒り出した。

「タツマ、お前、こんないいコート、どうしたんだ！　盗んだんじゃないだろうな！」

「いえ、買ったんですよ」

「嘘をつけ！　お前の給料がそんなにいいはずあるか！　俺はお前を泥棒に育てた覚えはないぞ、タツマ！」

どうやら、老人は伊豆倉を自分の息子と勘違いしているらしい。

「安心してください、泥棒はしていません。一所懸命働いて、買ったんです」

伊豆倉が笑っておおらかに応じたとき、駐車場のほうから中年女性が走ってきた。

「もう、お祖父ちゃん！　ひとりでこんなところまで来て！」

女性は老人に駆け寄ると、伊豆倉と幸野に深々と頭を下げた。

「ありがとうございました。本当に助かりました」

何度も礼を繰り返し、女性は「お祖父ちゃん。ほら、コート、お返しして」と老人の肩からコートを取り上げる。

「本当にありがとうございました。あの、ぜひ、お礼をさせてください」

女性から受け取ったコートに袖を通しながら、伊豆倉は「いいえ」と微笑む。

「結構ですよ」

「でも、こんなに親切にしていただいたのに……」

「困ったときはお互い様ですから、お気になさらず」

「では、せめて、お名前だけでもうかがわせてください」

「名乗るほどの者でもありませんから」

悠然と告げて、伊豆倉は「行きましょう」と幸野に促す。

ふたりで会釈をして、店内へ入る。直後、入り口に置かれていた買い物カゴを持った伊豆倉が、なぜか愉快そうに肩を揺らした。

「あの台詞《セリフ》、実は一度、言ってみたかったんです」

「え？　……ああ、名乗るほどの者でも、ってあれですか？」

「そうです。子供の頃にテレビドラマで見て、ずっと、どこかで使ってみたかったんです」

テレビや映画などの中ではよく耳にしても、現実の生活ではまず縁のない台詞を口にできた伊豆倉は、声をうきうきと弾ませている。

ごくごくささやかな、しかし長年の夢を実現できて、本当に楽しそうだ。そんな伊豆倉を見ていると、幸野も楽しくなった。温かい気持ちが、胸の中でくるくると舞う。

普段の様子に偉ぶったところがまるでないので、なかなか実感できないが、伊豆倉は優秀な官僚で「超」のつく御曹司、そしていつかは政治家になる身だ。

それなのに、伊豆倉は誰に対してもまったく自然に、利害計算なしに接する。選挙区でも何でもない場所で、なかなか話の嚙み合わない老人の相手をにこにことできる伊豆倉を、幸野は好ましいと強く思った。

そして、伊豆倉の元恋人は、こんなにもいい男の何が不満で別れてしまったのだろう、ととても不思議に思った。


帰宅後、ハーフジップのフリースとジーンズの部屋着に着替えた幸野は、クローゼットから大きめの鞄を取り出した。

自宅のアパートからスーツケースに入れて持ってきていた、一泊用の旅行鞄だ。明後日は、市松の鹿児島出張に随行する。明日は「さほはま市民功労者表彰式」で進行役を務め、夜は懇《こん》親会《しんかい》で帰りが遅くなる予定なので、今のうちに準備しておこうと思ったのだ。

鞄に必要な物を詰めてから、先に帰っていた伊豆倉が作ってくれた夕食を一緒に食べた。

食事をすませたあとは洗い物もふたりでして、じゃんけんで風呂の順番を決めた。

勝ったのは伊豆倉だ。

「じゃあ、今晩も私が先にお風呂をいただきます。三日連続の一番風呂ですみません」

「お気になさらず。私は、ハリオの撮影会にいそしみますので」

他愛《たあい》もないやり取りを楽しみ、幸野はいそいそとキッチンからリビングへ移る。

食事と縄張りの見回りを終えたハリオは、リビングに設置されている出入り自由のケージの中の回し車で遊んでいた。かなりのスピードで回し車をぐるんぐるんと大きく回転させて懸命に走る姿は、とても愛らしい。

「ハリオ」

このところ幸野にも懐き、触れさせてくれるようになったハリオは、自分の名を呼ぶ声に反応してとまった。ふんふんと鼻を鳴らしながら顔を上げ、幸野と合わした目を細めると、再び回し車の中で走りはじめた。

小さくて丸い姿が理屈抜きに愛らしいのはもちろん、自分の声に反応してくれるようになったハリオが、最近はどうしようもなく可愛く思えて仕方ない。

幸野はカラカラと回転する回し車の前に張りつき、スマートフォンでハリオを撮影した。

「私の観察も、それくらい熱心にしていただけるといいんですけど」

エプロンを外し、シャツとジーンズ姿になった伊豆倉が、苦笑気味に言う。

「ちゃんとしていますよ」

リビングを出て行く伊豆倉の背を見送り、幸野はふとハリオを撮影する手をとめた。

美貌の御曹司で、優秀な官僚。

打算なく他人を思いやることができる紳士で、年下なのに頼り甲斐がある。

けれども、ペニスを乙女百合と称《たた》える変人。

伊豆倉とは一体どういう男なのだろう。

最近は毎日気がつくと、そんなことを考えている。

どうしてそんなことを気にしてしまうのだろうとぼんやり考えていたとき、ふいにスマートフォンが鳴った。

液晶画面に表示されたのは岩月の名前。

その文字を見た瞬間、胸の中でふわふわしていた気持ちが一瞬で凍りついた。

「――何の用だ」

声を強張らせて応じると、「いきなりご挨拶ですね」と岩月が笑った。

そして、また金を要求された。しかも、今度は三日後までに八百万。

『お兄さん、変に迫力があるからこの前はついうっかり本気でびびっちゃいましたけど、通報なんて本心じゃないでしょう?』

「——本気だ」

今後はもう、ただ黙って金を払う気などない。

奏には必要が生じるまで告げるつもりはないけれど、正月休みが明けてすぐ、幸野はリベンジポルノの対策に詳しい弁護士を探し、都内で事務所を構えている女性弁護士を見つけた。次に恐喝を受ければすぐに相談に乗ってもらうことになっているし、その弁護士の勧めで、通話が始まると自動的に会話を録音するアプリもインストールしている。

警察に頼るのは最終手段だと考えているが、幸野は強気で声を張った。

しかし、岩月は「へえ」と嘲《あざけ》った。

『じゃ、通報どうぞ。俺もこれから、奏の恥ずかしい動画をアップしますね』

わざとらしく「せーの」と掛け声を発した岩月に、幸野は反射的に「やめろっ」と叫んでしまった。

『ほら、やっぱり。お兄さんは奏が可愛いんでしょう?　親代わりですもんねえ』

岩月の勝ち誇った声が鼓膜に突き刺さる。

駆け引きでは、岩月のほうが上手だったようだ。

あんなふうに無様に弱みを晒《さら》してしまっては、「通報」のカードをちらつかせて脅し返すことはもうできない。

自分の失態を責めながら、幸野はそれでも毅然と告げる。

「金はもうない。本当だ」

『貯金が尽きたなら、どこかから借りればいいじゃないですか。公務員だから、どこでもすぐ信用して貸してくれるでしょう？　奏を助けたいんなら、死ぬ気で用意してくださいよ』

耳障りな笑い声を残し、岩月は電話を切った。

幸野は時間を確認する。弁護士事務所の営業時間をわずかに過ぎている。祈る思いで電話を掛けたが、聞こえてきたのは本日の業務は終了したことを告げる録音メッセージだった。

幸野は「さほはま市民功労者表彰式」の責任者なので、明日は一日そちらにかかりきりになる。明後日は鹿児島へ出張で、帰りはその翌日になる。

弁護士には連絡が取れないし、幸野は三日後まで動けない。だが、岩月にはそんな事情を訴えたところで、期日が延びるはずもない。

どうしよう、と背筋が寒くなる。

――何か。何か、手を打たなければ。どうにかして、奏を救わなければ。

懸命に考えようとしたけれど、焦りばかりが先に立ち、思考が空回りする。

スマートフォンを握り締めたまま、幸野はただ浅い呼吸を繰り返す。

「幸野さん？」

ふいに耳もとで名を呼ばれ、幸野ははっとする。

いつの間にか風呂から上がったらしい伊豆倉が、怪訝そうに幸野をのぞきこんでいた。

「どうしたんですか？」

「……ハリオの可愛さに、呆けてしまって」

幸野は咄嗟に嘘をついた。

今、伊豆倉と話をすると、その優しさにまた頼り、金の無心をしてしまうかもしれない。だが、そんなことはもうしたくない。

「あの、私もお風呂、いただきますね」

逃げるように立ち上がった幸野の手首に、伊豆倉の指が絡みつく。

「とても、ハリオにめろめろしている顔じゃありませんよ、幸野さん」

強い声音を響かせて言った伊豆倉が、「失礼」と幸野の手からスマートフォンを取り上げる。

伊豆倉は画面の文字を確認して、幸野をまっすぐに見据える。

「上野麻耶子《うえのまやこ》法律事務所……？　これが、その顔の原因ですか？」

ごまかしを許さない強い声と眼差しに抗《あらが》えず、幸野はのろのろとうつむく。

「間接的には……。営業時間が終わっていて、その弁護士の先生と連絡が取れなくて……」

「もしかして、妹さんのトラブルの件ですか？」

「……そう、です」

「またお金を要求されたんですか？」

幸野は伏し目がちに、期日と額を小さく告げる。

「以前にも少しお訊きしましたが、妹さんが何かの過失でその相手に大怪我を負わせてしまい、表沙汰《おもてざた》にしない代わりにそれ相当の治療費と慰謝料《いしゃりょう》を要求されている、というような類のことじゃないですよね？　お金の要求の仕方がかなり悪質に思えますが、一体どういうトラブルですか？」

迷いつつ、幸野は口を開く。

すべてを語り終えたとき、「幸野さん」とやわらかい声に呼ばれた。

「幸野さんが妹さんを思う気持ちも、妹さんが恐喝材料のデータを誰にも見られたくないと思う気持ちもわかります。でも、こういうことの解決には力業《ちからわざ》も必要です。生ぬるい対処では、この手の恐喝は際限なく続きますよ。いくら払ったから終わる、ということはありません」

幸野のスマートフォンを「ちょっとお借りします」と何やら操作しながら、伊豆倉は諭す口調で言う。

「もしよければ、私に任せていただけませんか？」

「え……」

「幸野さんは明日は表彰式、明後日は出張でしょう？　それに、この上野弁護士はホームページの経歴を見るとなかなか優秀な方のようですが、小さな個人事務所ではできることは限られてしまいます。ですが、私には上野弁護士以上のことができます。データを誰にも見られずにということはさすがに無理ですが、必要最小限の範囲で、決して表に出ないようにすべてを消去します。もちろん、合法的に」

はっきりとした自信の漲る口調で、伊豆倉はそう約束した。

どんな方法を用いるのか、幸野にはまるで想像もつかなかったけれど、代々有力な政治家を輩出している名家にはつてが色々あるのだろう。

「あなたを助けたいんです、幸野さん。私を頼っていただけませんか?」

拒めるはずもなく、幸野は「お願いします」と頭を下げた。

そして、伊豆倉は約束通り、岩月の件を解決してくれた。それも、たったほんのわずかな時間で。

三日後に出張から帰ってくると、奏に関するすべてのデータが消去されたことの報告を受けた。それから、厚手の紙袋を渡された。

中には、おそらく百枚で結束《けっそく》されているのだろう一万円札の束《たば》が複数あった。数えてみると、全部で十束。岩月から回収していたものだという。

「ありがとうございます。では、これは課長にお返しします」

深く感謝しながら、幸野は重みのある紙袋を伊豆倉の手に戻した。

「課長、助けていただいて、本当にありがとうございます。何とお礼を言っていいかわかりませんが、心から感謝します」

「私がしたくてしたことですから、そんなに畏まられると、照れますね」

少しおどけたふうに言って、伊豆倉は双眸を細める。

「ところで、私たちは、これからどうしましょう？」

質問の意味が咄嗟に摑めず、幸野は首を傾げる。

「どう、とは……？」

「お金は返済されましたから、『夫婦ごっこ』を続ける理由がなくなりました。幸野さんがそう希望されるなら、我々のこの関係は今日で解消してもかまいません」

夫婦ごっこの解消。

その言葉を示されて最初に胸に浮かんだのは、嫌だという拒絶の気持ちだった。

一緒にいられなくなるのを寂しいと思い、幸野は反射的に「いえ」と首を振った。

「……確かにお金は戻ってきました。でも、私は三度も課長に助けていただきました。どのときも、課長がいたから妹と私は救われました。なのに、私は課長にお礼らしいお礼をできていません。確実にお役に立てるという保証はできませんが、せめて約束の期限までは、課長が見つけたいものを探すお手伝いをさせてください」

「わかりました。では、引き続き、これからもよろしくお願いします」

穏やかに笑んだ伊豆倉が右手を差し出す。その手を幸野も握る。

「こちらこそ、よろしくお願いします」

「ええ。でも、よろしくついでに、幸野さんにお願いがあります」

「何でしょう?」

「これからは、困ったときにはひとりで抱えこまずに、私にちゃんと相談してください」

「……はい」

胸の中に温かい気持ちが満ちてゆくのを感じながら、幸野は頷く。

朝と夜には変態になってしまう年下だけれども、伊豆倉は頼もしい男だ。

実際に何度も助けられた。だが、ただそばにいてくれるだけで安心感を覚える。

こんな恋人がいてくれたらいいのに。

伊豆倉のような優しいパートナーがほしい。

そう強く願い、幸野は気づいてしまった。

自分は伊豆倉が好きなのだと。そして、伊豆倉に愛されたいと思っているのだと。

「ごっことは言え、私たちはこの部屋の中では夫婦ですし、一応、役割的には私が夫ですから、私に頼るのは幸野さんの義務でもありますよ」

冗談めかした言葉にこちらも冗談を返そうとして、けれどもぎこちなく笑うことしかできなかった。

伊豆倉にとって自分との関係はあくまで「夫婦ごっこ」。伊豆倉が生涯のパートナーにしたいと願っている相手はほかにいる。自分ではない。

恋を自覚したばかりの胸に、深い痛みが広がった。

今、伊豆倉に愛されている男と、かつて伊豆倉に愛されていた男を、強く強く羨む気持ちとともに。


奏には恐喝が続いていたことは報《しら》せていない。だが、一度目の五百万のことをずいぶん気にしていたので、岩月から金を取り戻せたことをメールで伝えると、「土曜にお休みもらったんだけど、お兄ちゃん、時間ある？」と返信がきた。

幸野は「大丈夫だ」と応じ、土曜の朝、一度自宅アパートへ戻った。

玄関を開けるとすぐの四畳の台所と、その奥の六畳の寝室。男の独り暮らしには十分な空間だったはずなのに、伊豆倉のマンションに妙に慣れてしまったせいか、ひどく狭く感じた。

そんな自分に苦笑を漏らし、幸野はしばらく締めきっていた部屋に風を通した。

奏が訪ねてきたのは、昼を少し過ぎた頃だった。

「これ、お兄ちゃんに」

台所の小さなテーブルに向かい合って座り、幸野の入れたコーヒーを飲んだ奏は、可愛らしくラッピングされた紙袋を差し出してきた。

中にはフリースが入っていた。幸野が部屋着として愛用しているハーフジップの、今年の新色だという。

「助けてくれたお礼、遅くなってごめんね」

　神妙な顔でそう言って、奏は今度は鞄から通帳と何枚かの書類を出した。

「こっちはあたしの給与明細。それから、こっちは返済計画書。お店の経理してる人に作ってもらったの」

「……返済計画書？」

「うん。お兄ちゃんが出してくれた専門学校の学費の。最初は、あいつにお兄ちゃんが払ってくれた五百万を返すつもりだったんだけど……」

「俺はお前の保護者で、学費を出すのは当然のことだ。返す必要なんてないぞ、奏」

「ううん。あたし、ずっとお兄ちゃんに甘えてきたから。本当の意味で自立するためにも、ちゃんと返したいの」

　奏の目には、はっきりとした熱意がこもっていた。

　その真摯《しんし》な気持ちを無下《むげ》にすることはできない。いつか奏が独立か、結婚するときまで、貯金箱代わりに預かることにしようと思い、幸野は「そうか」と頷く。

「一応、十年計画になってるけど、なるべく早く返せるように頑張るね。これから毎月、この通帳に振りこむから」

「ああ、わかった。だけど、あんまり無理はするなよ」

ありがと、と笑った奏が、ふいに幸野に向ける目を細めた。

「……お兄ちゃん、何だか雰囲気変わった？」

そんな自覚はなく、幸野は「そうか？」と首を傾げる。

「うん。背負ってる空気がいつもとは違ってるもん」

奏は幸野を観察するようにじっと眺め、しばらくして「あ！」と声を高くした。

「恋人、できたでしょ」

いわゆる「女の勘」というものだろうか。

幸野は少し迷って口を開く。

「……つき合ってるわけじゃないが、気になってる人はいるな」

「どんな人？　格好いい？」

「え？」

「綺麗」や「可愛い」ではなく、「格好いい」という言葉を向けられ、幸野はまたたく。

「お兄ちゃんの好きな人って、男の人でしょ」

何でもないことのように断言した声には、嫌悪感など欠片《かけら》もなかった。

だから、幸野も大きく目を瞠《みは》りつつも、ごまかすことはしなかった。

「……知って、たのか？」

だって、兄妹だもん、と奏は笑う。

「で、どんな人なの？　お兄ちゃんの好きな人」

興味津々《しんしん》の顔で問われ、幸野は淡く苦笑する。

「変わってるけど……、優しい人だ」

「その人もゲイ？」

「ああ、そうだ」

頷くと、奏は喜んだ顔になって拳を突き上げた。

「じゃあ、落としちゃえ！　お兄ちゃんならできるよ、絶対！」

はしゃいだ声の応援を無邪気に投げられる。

たったひとりの家族に思いがけず自分の性癖を認められたことは、とても嬉しかった。けれども、せっかく声援をもらっても、――どんなに必死で努力をしようとも、成就はしないとわかっている恋だ。

奏が与えてくれた嬉しさが、じわじわと切なさに浸食されるのを感じながら、幸野はただ黙って笑うことしかできなかった。

幸野が三十三歳の誕生日を迎えた一月下旬、定時を少し過ぎて帰り支度をしていると、国際政策課から電話が掛かってきた。ラユネン市でも姉妹都市の議決がなされた報せだった。

喜んだ市松が、残っていた課員全員に缶コーヒーを奢《おご》ってくれた。ちょっとした誕生日プレゼントを得て、幸野は何だか得をした気分で退庁した。

このひと月ですっかり馴染んだ駅で降りて、伊豆倉のマンションへ続く坂道を上る。誰もいない夜道の先に伊豆倉の部屋の明かりが光って見えた。

今晩の夕食当番の伊豆倉が、もう帰宅しているようだ。

遠くで灯されているやわらかな光を目指して歩きながら、ふと思う。誰かと一緒に過ごす誕生日は、奏が幸野のもとを巣立って以来初めてだ、と。

今日が何の日かなど知らないだろう伊豆倉と——好きな相手と夕食を共にし、同じベッドで眠る誕生日。

嬉しいような、悲しいような複雑な気持ちを抱えて帰宅すると、ダイニングテーブルにはボリュームたっぷりの肉料理が数種類に、色とりどりの野菜と果物が宝石のように美しく盛りつけられたサラダが並んでいた。

「今日の夕食は何だかすごく豪勢ですね」

「幸野さんの誕生日ですから」

「……え。誕生日だって、課長に言いましたっけ？」

「いえ。でも、覚えていました。借用書で見ましたから」

伊豆倉は笑って言う。

部屋に荷物を置き、手を洗って食卓に着くと、入手困難な有名店のケーキと、幸野の生まれ年のワインをプレゼントとして贈られた。

「ありがとうございます」

礼を言った喉がひりつき、胸の内側がじりじりと焦《こ》げてゆくのを幸野は感じた。

伊豆倉は自分を恋人のように大切に扱ってくれるけれど、それは「夫婦ごっこ」をしているから。伊豆倉の心は、幸野が知らない男のものだ。

この偽りの関係は、あと二ヵ月もすれば終わってしまう。借金もなくなってしまったので、その時期が来れば、伊豆倉との縁は切れてしまう。

そう思うと、悲しい、辛いと感じる気持ちのほうが大きくなっていったが、せっかく伊豆倉が祝ってくれているのだ。こんな誕生日はこれっきりなのだから、今晩はよけいなことは考えずに極上の料理を楽しみ、美酒に酔うことにした。

「そう言えば、課長の誕生日はいつなんですか？」

「四月九日です」

四月。この「夫婦ごっこ」が終わったあとだ。

「……四月ですか。残念ですね。お祝い返しをしたかったんですけど」

この偽りの関係は三月末まで。あと少し早ければ、伊豆倉の誕生日も一緒に過ごせたのに。

伊豆倉との思い出をひとつ増やすことができたのに。

そう残念に思いつつ、幸野は努めて明るく笑う。

「じゃあ、せっかくですから、今、いただけますか？」

向かいの席でワインを飲んでいた伊豆倉が、目もとを艶《つや》めかして言う。

「私が差し上げられるものでしたら、もちろん」

伊豆倉はほろ酔い状態に見えた。てっきり、いつもはベッドの中だけでするキスをここでしたいのとかと思った。

だが、求められたのは、まったくべつのものだった。

「では、歌を聴かせてください」

「……歌？」

そうです、と伊豆倉が頷く。

二年前の、総務省から出向してきて間もない頃、伊豆倉は夜の秘書課のフロアで幸野がひとりで残業しながら歌を歌っているところを目撃したという。

「あのとき、幸野さんは無表情でパソコンに向かいながらラブソングを歌っていました」

夜の残業中などに、幸野はたまに小声で歌うこともある。

だが、絶対に無人だと確信しているときだけのことなので、まさか見られていたとは思わず、幸野は赤面する。

「あれが、私が幸野さんのファンになったきっかけです。絶世の美女の仮面を貼りつけているかのような無表情で、やたらと上手い歌を、それも小中学生に人気の少年グループのラブソングを歌っていたギャップに悩殺されて、心の中はあなたでいっぱいになりました」

――ファン。

好意を告げる言葉。だが、それは同時に、好意を持ってはいても、恋人としての感情はないと思い知らせる言葉だ。

好きな相手には好かれていたい。幸野の願いは、半分だけ叶《かな》っている。それが嬉しくもあり、辛くもあり、頬が小刻みに震えた。

「……それは、どうも」

「せっかくなので、あのときの歌を歌ってもらえますか?」

言いながら、伊豆倉は椅子を持って幸野の隣まで移動してくる。そして、幸野の身体を引き寄せ、自分の脚の上に載せた。

「……何ですか、この格好」

「ラブソングなので、サービスオプションつきでお願いします」

「……わかりました」

幸野はグラスに少し残っていたワインを一気に飲み干し、なかばやけ気味に喉を潤《うるお》す。

――友達のつもりだったのに、こんなにも好きになってしまってどうしよう。

――好きだと言いたいのに言えない僕は、君の前ではまるでピエロだよ。

友人のつもりだったクラスメイトの少女に恋をしてしまった少年の、少しコミカルで切ない気持ちが綴《つづ》られた歌詞を、幸野はメロディに乗せた。

決して多くはない言葉が綴《つづ》る、数分間の世界。

そこでは男にも女にもなれるし、色んな恋愛をした気分になれる。どんな遠い街へも行ける。

だから、幸野は歌が好きだ。

いつもは歌を聴き、口ずさむと楽しくなれるけれど、今は少しも心が弾まない。

どうにか音程を外さないように歌いきり、自分の椅子に戻ろうとして、腰の位置をずらしたときだった。幸野は伊豆倉が勃起していることに気づいた。

幸野が息を呑んだ気配に、伊豆倉が苦笑する。

「すみません。膝の中でラブソングを歌われているうちに、本当に愛の告白をされているような気持ちになってしまいました」

酔っ払いなので、見逃してください、と伊豆倉は甘く微笑む。

「……酔っ払いなら、仕方ないですね」

自分に本気で欲情してくれたのならよかったのに。

心の奥でそう思いながら、幸野は小さく返す。

「ねえ、幸野さん。あなたは？　この歌のように、少しは私のことを好きになってくれましたか？」

伊豆倉が幸野を見つめて問う。

その質問は、ご機嫌に酔っ払っている男の、歌詞に引っかけたただの冗談だろう。そうわかっているのに、今、この場で求められているのだろう冗談の答えを、幸野は返せない。

もし、伊豆倉へのこの気持ちを肯定する言葉を一度でも口に出せば、その奥の本心も一緒に吐露してしまうだろうから。

自分以外の誰かを愛している男に、この気持ちは決して知られたくない。

優しい伊豆倉を困らせたくない。謝られたり、同情されたりもしたくない。

「幸野さん。私は、あなたのことがとても好きですよ？」

甘く紡がれる言葉が嬉しくて、でも苦しい。

胸が痛くてたまらず、どうにかなってしまいそうだった。

幸野は咄嗟に腕を引いて立たせた伊豆倉を、そのまま床の上に押し倒した。

「――幸野さん？」

自分の腰に跨《また》がった幸野を、伊豆倉が驚いたように見上げる。

「でも、課長。私が好きなのは課長ではなく、深山です」

最初から、ただの契約の関係だった。伊豆倉には好きな男がいることも知っていた。

なのに、勝手に生まれてしまった恋心をこぼしてしまわないように、幸野は「深山なんです」と嘘を重ねる。

「……ええ。辛いですね」

「……ええ。だから、忘れさせてください」

「幸野さん。こういうことはお酒の勢いですると、後悔しますよ」

「もっと若ければ、そうかもしれません。でも、もうそんな初心《うぶ》なことを思う年齢じゃありません」

「ですが、今日は幸野さんの誕生日でしょう？　これから毎年、誕生日が苦い思い出の日になるのはかなり辛いことだと思いますが」

年下なのに、諭す声音を伊豆倉は甘やかに響かせる。

「辛いのは今です、課長。今この瞬間が、どうしようもなく辛いんです」

幸野は、伊豆倉の広い胸の中に倒れこむ。

「忘れたいんです。忘れさせてください」

伊豆倉の誤解を利用して、自分がずいぶんと狡《ずる》いことをしている自覚はあった。

だが、なかなか買えない有名店のケーキよりも、高価なワインよりも、伊豆倉に祝ってもらえるたった一度きりの誕生日なのだから、贈り物は伊豆倉自身がいい。

ほしいのは、伊豆倉との思い出だ。

一度だけでいい。一度抱かれれば、きっと諦められる。だから、どうしても伊豆倉の熱を知りたい。

伊豆倉の目は見られないまま、硬度を増して膨張した雄のそこへ下肢を押し当て、幸野は「できるだけ、酷《ひど》くしてください」と懇願《こんがん》した。

嘘をついて、伊豆倉を騙《だま》している自分を罰《ばっ》するように。


寝室へ移動すると、腰を抱かれながらベッドへ押し倒され、キスをされた。

「んっ、う……」

啄《ついば》まれ、甘噛《あまが》みされて開いた唇のあいだから、するりともぐりこんできた舌が、口蓋《こうがい》をくすぐる。

「――ふっ、ん」

口腔内の粘膜を舌先で優しく擦られたり、初めての他人の侵入に戸惑う舌を搦《から》め捕《と》られて甘噛みされたり。

呼吸の仕方がよくわからなくて少し息苦しかったけれど、甘いキスだった。

「ねえ、幸野さん。キス、これが初めてですか?」

「……そう、です」

頷くと、また唇が塞がれた。

「ふ、ぅ……」

酷くしてほしいと頼んだはずなのに、ほどこされる口づけはさらに甘くなる。角度を変えて何度も唇を啄まれて甘噛みされ、戸惑う舌をじゅっと吸われる。

「んっ、んぅ……」

舌と舌が絡み合い、粘膜が擦られる。そのつど、くちゅくちゅと淫靡《いんび》に響く水音に鼓膜を刺激されて、頭の中がゆっくりと掻き回されてゆく。

「ん……っ、んっ……」

酸素が足りなくて苦しいのに、与えられる優しい熱が気持ちよくて、全身が不思議な浮遊感に包みこまれていくようだった。

伊豆倉が恋人にするキスはこんなふうなのだろうか。それとも、もっともっと甘いのだろうか。ふと、そんなことを考えた胸が苦しくなった。

「……課長っ」

幸野は伊豆倉を押しやり、首を強く振って散りかけていた理性を懸命に呼び戻す。

「こ、こんなふうじゃ、なくて……、酷く……、して、ください」

「あなたに乱暴なことはできません」

「でも、私はそうしてほしいです。……お願いですから」

声を震わせて懇願《こんがん》した幸野を見下ろす目はただ優しいばかりで、思案げに揺れている。

「では、私なりに努力してみます」

ややあって、困ったような微苦笑を降らせたあと、伊豆倉が纏っていたシャツを脱いだ。

惜しげもなくあらわにされた上半身はよく鍛えられ、鋭く引き締まっていた。その肌はなめらかな張りを宿し、照明の淡い光を弾いて輝いている。

雄の色気が滴るような肉体の美しさにどきまぎして視線を泳がせていると、ふいに伊豆倉の手が伸びてきた。

「幸野さん、あなたの身体も見せてください」

歌うような口調で告げた男に、纏っていた服を次々奪われる。

慣れた手つきで瞬く間に下着まで脱がされ、幸野はベッドの上で一糸纏わぬ姿となった。

「想像以上に綺麗です」

幸野の裸体を見つめ、伊豆倉がうっとりと声を紡ぐ。

「ちゃんと筋肉もついていて、骨格も男のもので、女性的なわけじゃないのに、雪の女王の名にふさわしい美しさですね」

「そ、そう、ですか……？」

「ええ。真っ白に澄んだ肌に、くすみのない乳首。淡くてやわらかい和毛《にこげ》……」

滔々と重ねられる賛美の言葉に肌を舐められているような錯覚に襲われる。

「ふ……っ」

ぞくりと震えが走った足先に力を込め、幸野は返す反応に困った。

伊豆倉の「酷くする」とは、羞恥プレイか何かなのだろうか。

純粋な感嘆を侮辱《ぶじょく》だとは感じないものの、嬉しいとも思えない。礼を言うのもおかしいし、自分も伊豆倉の逞《たくま》しさの見本めいた雄々《おお》しい身体を称賛すべきだろうか。

思考回路が常人離れしている伊豆倉にどんな反応を返せばいいのか、戸惑っていたときだった。伊豆倉が幸野の脚を左右に開き、そのあいだで膝立ちになった。そして、「それから、この乙女百合……」と囁く声音で言いながら、身を屈めた。

まだやわらかく垂れたままのペニスにねっとりと絡みつく視線を感じる。

「……ぁ」

そこを見つめる伊豆倉の眼差しは深く強い。まるで、かざした炎でじりじりと炙《あぶ》られているかのようで、たまらず腰が小さく跳ねた。

その拍子にふるんと揺れたペニスが伊豆倉の掌に掬《すく》い取《と》られるようにして載せられ、先端の割れ目にそっと口づけられた。

「あっ」

やわらかな唇を感じた鈴口《すずぐち》から甘美な痺《しび》れが体内へ流れこみ、幸野は爪先でシーツを引っ掻いた。

「乙女百合……。私がこれからどんなことをしようと、この清らかな輝きを失うことはないでしょうけれど、何も知らない乙女のあなたとは今晩が最後になるんですね」

感慨深《かんがいぶか》げな呟きを落としながら、伊豆倉は掌の上のペニスの輪郭《りんかく》をそろりと撫でる。

「んん……っ」

形状をしっかりと確かめるかのように、叢が淡く茂る根元の右端から左端へ、さらに逆方向の左端から右端へとやわからい肉芽の輪郭をなぞった指は、今度は下へと移動した。

そして、手の甲でペニスを持ち上げ、陰嚢に指を絡ませた。

「ひぁっ」

中の双果《そうか》ごと敏感な皮膚《ひふ》を握られ、一瞬、視界が白く霞《かす》んだ。

指で押された部分から痺れるような強烈な刺激が噴き上がり、幸野のペニスはしなり躍りながらぴぃんと硬く凝《こご》って反り返った。

「あぁ……んっ！」

勃起の瞬間、鋭い快感が脳髄《のうずい》を突き刺し、はしたなく蕩《とろ》けた声が高く散った。

だが、それを恥ずかしいと思う余裕はもうなかった。伊豆倉の手の中で陰嚢への愛撫がさらに続いたからだ。

「乙女百合に芯が灯る瞬間は、心が震えるほど感動しますね」

伊豆倉はあでやかに笑んで、陰嚢をぎゅっぎゅっと握りながら、ひくひくと収縮する表面を掌で擦り揉み、膨らんだ蜜袋の中の双果をつつく。

「あっ、あっ、あっ……」

その指の力加減は絶妙だった。決して痛みではない、けれどもそれに近い甘苦しさを息をつく間もなく与えられ、浮き上がった腰がひっきりなしに揺れた。

張りつめて色を濃くした屹立《きつりつ》の穂先もあられもなく動き回り、いつしか痙攣する秘唇《ひしん》から淫液をたらたらと垂れこぼしていた。

「もうそろそろ弾けそうですね」

聞こえてきた言葉の意味を考えるより先に、陰嚢を強く握りこまれた。

「──ああぁ!」

男の掌の圧力でくにゅうっといびつに変形したそこからどっと溢れた歓喜に押し出されるようにして、ペニスの先端から白濁が飛び散った。

「あ、あ、あ、……」

力が一気に抜けてゆき、幸野はシーツの上に四肢をくたりと投げ出す。

意識をどこか遠くへ攫われてしまいそうな強烈な愉悦の波に揺さぶられながら、浅い呼吸を繰り返していると、秘所の窄《すぼ》まりに何か生温かいものがぬるりと触れた。

「──え?」

覚えのない、未知の感触に驚いて視線をやると、伊豆倉がそこへ顔を寄せていた。

窪みの中央を、ぬるっぬるっと撫でられているのを感じる。

伊豆倉は、幸野の秘所を舐めてほぐそうとしている。そう気づいた瞬間、驚きがさらに深くなり、幸野は慌てた。

「——か、課長っ」

「何ですか？」

くぐもった声を返した直後、伊豆倉は舌先で肉環をぬぽっと突いた。

「ひうぅっ」

窄まりの襞《ひだ》を外側からこじ開けられる感覚がたまらず、幸野は腰をよじらせて振り立て、異物を懸命に押し出した。

経験はなくとも、知識はそれなりにあるので、雄を受け入れるためにそこをほぐす必要があるのはわかる。だが、指やローションを使われるならともかく、想像もしていなかった愛撫に羞恥心が膨れ上がった。

「課長っ、や、やめ……っ」

「どうしてですか？」

伊豆倉が会陰《えいん》から顔を少し離し、幸野に微笑みかける。

「……き、汚い、ですから……っ」

「あなたの身体に汚い場所なんてありません。私は、幸野さんの全身をすみずみまで舐めたいと思っているくらいですから」

美しい笑顔でとんでもない言葉を返されて、軽い目眩がした。

「……は、恥ずかしいので、べつの方法で、お願い、します……」

背を震わせて乞うと、伊豆倉があでやかな笑みを深くした。

「生憎、急な展開だったので、ローションなどの用意がないんです」

伊豆倉は楽しそうに笑って首を振る。

気のせいだろうか。優しい美貌の中に、どこか獣めいた色が浮かんでいるように見える。

「恥ずかしいという気持ちは、まあ、わからなくもないですが、酷くしてほしい、とあなたが仰ったので、私は努力をしているんですよ？」

確かに、自分で酷くしてほしいと懇願した。けれども、こんな上級生向けのプレイをしたいと願ったつもりはなかった。

咄嗟に返す言葉を失った幸野の会陰に、伊豆倉の顔が再び密着する。

肉厚の舌が、襞の内側へにゅうっともぐりこんできた
「あぁっ……」

ぬめる舌で浅い部分の粘膜を強く擦られ、濡らされた内壁を舐め啜られる。

初めての異物感に狼狽し、悶える腰をしっかり押さえつけられ、尖《とが》らせた舌をぬりっ、ぬりっと幾度も突きこまれるうちに、肉筒が熱と潤みをはらんでとろとろとほどけていくのが自

分でもわかった。

「あ、あ、あ……っ」

萎えていたペニスが、いつの間にか硬度を取り戻していた。

温かくて弾力のある舌で隘路《あいろ》を舐められるたび、再び勃起したペニスが淫液を噴きこぼす。

「そろそろ、よさそうですね」

伊豆倉は幸野の後孔から顔を離して膝立ちになると、ジーンズの前を開いて雄を取り出す。

眼前に現れ出た肉の剣のあまりの太さと長大さに、幸野は言葉もなく目を見開く。

天を突き、先走りをしとどに纏ってぬらぬらと光っている怒張を、伊豆倉がその硬度を確かめる手つきで二、三度しごき上げる。

ひどく滾りがわしくて凶悪な形に尖った先端から、ぶしゅっと粘液が噴き出る。

「幸野さん……」

伊豆倉の舌でほぐされたそこへ、熱塊《ねっかい》の先が宛《あて》がわれる。

「あ……」

肉環に重い圧を感じて息を詰めた直後、伊豆倉が力強く腰を進めた。

「——ひうぅっ」

肉環の襞がぐにゅうっと捲《めく》れ上《あ》がり、みっしりと張りつめた熱塊が体内へずるっと沈みこむ。

反射的に収縮した肉筒をごりりっと深く強くえぐられて、幸野は喉を仰け反らせて空を蹴った。

「あぁっ」

「――っ、幸野さん、力むと辛いので、ゆっくり息をして、力を抜いてください」

「うっ、あ、ぁ……。で、でも……っ」

力を抜けと言われても、どうすればそうできるのかわからず、幸野はシーツをかきむしって身悶えた。

「幸野さん……」

浮き上がる腰が押さえつけられ、灼熱の杭《くい》が体内へぐううっと押しこまれてくる。

「はっ、あ……っ」

――入ってくる。伊豆倉が自分の中の狭い器官へ侵入してくる。

初めての衝撃におののき、異物の侵入を本能的に拒んで狭まろうとする肉筒を、容赦《ようしゃ》のない雄々しさで貫かれる。

めりめりと狭い肉の路を押し広げられ、震える粘膜を灼《や》かれた。体内が爛《ただ》れてしまうようで堪らなく、けれどもそれは初めて知れた好きな男の熱だ。

息苦しくて、同時にとても嬉しくて、眦《まなじり》から涙がこぼれた。

「あと、もう少し、ですから……」

かすかに上擦《うわず》る声で告げた男の指が、涙に濡れる幸野の頬をそっと撫でる。

そのあいだも、言葉と指遣いは優しい男の猛《たけ》る雄は、幸野の体内の奥へ奥へとずるずると沈みこんできた。

「あ、あ、あ……」

一体どこまで侵されるのか、怖くて震える身体のあちこちを、あやすように撫でられた。

その甘い愛撫に肌が蕩かされ、下肢からふっと力が抜けたときだった。

太々とした肉の剣先で内奥《ないおう》をどすりと重く突かれ、そこが深くえぐられたのを感じた。

「――あぁ！」

巨大な怒張をすべて呑みこんだ衝撃で、眼前が一瞬白く霞んだ。

「全部入りましたよ、幸野さん」

「……なが、い……ですっ」

凄まじい圧迫感につい苦情をこぼしてしまうと、本気で気遣う声音が返ってくる。

「すみません。辛いですか？」

限界まで引き伸ばされている肉襞が、伊豆倉の剛直が放つ熱で溶け爛《ただ》れるようだった。

ぴったりと密着した下肢で縺《もつ》れ合《あ》っている陰毛に肌をざらざらと擦られる感触に、さらに熱を煽られる気がした。

だが、辛いわけではない。

「どうしても辛いなら、一度、抜きましょうか？」

「……大丈夫、です」

首を振ると、そっと口づけられた。

伊豆倉は腰を動かさず、ただ口づけだけを繰り返す。

幸野の狭い肉筒が自分の形に馴染むまで待つつもりなのだろう。

後孔を舐め回されたときにはその強引さに戸惑ったけれど、伊豆倉はやはり優しい。

自分の身の内で伊豆倉の体温を感じながら、本当に愛されているわけでもないのに、こんなふうに優しくされるのは切ないと幸野は思った。

胸の痛みに耐えきれずに、うっかり本心をこぼしてしまうかもしれない。

それだけは避けたくて、幸野は眼前の逞しい肩に縋りつくようにして腕を回す。

「も……、動いてください」

少し変で、けれども優しい年下の男への愛おしさが胸の中で膨れあがってゆく。その息苦しさに負けてしまわないように、幸野はべつの刺激を求めた。

「でも……、まだきつそうですよ?」

大丈夫です、と幸野は首を振る。

「何もかも、忘れたいんです。だから、はや、く……っ」

もう一度せがむと、伊豆倉が腰を揺り動かしはじめた。

初めはゆっくりだった出し入れの動きが、徐々に速く激しくなってゆく。情熱的な抽挿《ちゅうそう》が繰り返され、肉筒に摩擦熱《まさつねつ》が燃え広がる。粘膜がとろとろと溶かされ、結合部からはぐちゅう、ぬちゅうと粘る水音が響き立つ。

「ひっ、う……っ、あっ、あっ、あっ！」

熟《う》れた媚肉《びにく》を掘り突いていた熱塊が、やがてぐぐうっと容積と硬度を増し、大量の先走りを溢れさせたのを感じ、腰が震えた。

その直後、勢いよくどっと噴き上がった奔流《ほんりゅう》に最奥の粘膜を強かに叩かれ、幸野は高い嬌声《きょうせい》を上げた。

「何も知らない処女地だったのに、私のものになってしまいましたね」

あでやかなのに獰猛《どうもう》な笑みを滴《したた》らせ、吐精しても容積をまるで変えない杭《くい》で幸野の中をかき混ぜ、突き捏《こ》ねた。

「あああぁ！」

この身が恋しい男のものにされた証《あかし》を受ける快感は想像を遙かに超えていて、脳髄《のうずい》が梳《くしけず》られるようだった。

しとどに撒《ま》かれた精で濡れそぼつ肉筒を強く深く突かれて目眩がするほど気持ちがよくて、泣いてしまいそうに嬉しい。けれども、逞《たくま》しい雄《おす》がどれだけ情熱的に動こうと、伊豆倉が愛しているのはほかの男だという現実が悲しくてたまらない。

頭の中を様々な想いが去来したが、それらはほどなく愉悦の波に呑みこまれ、幸野は何も考えられなくなった。

息をつく間もなく襲ってくる悦楽に、ただただ身悶《みもだ》え、啜《すす》り泣《な》いた。


――幸野さん。

自分を呼ぶ優しい声が聞こえた気がして、幸野は目覚めた。

重い瞼《まぶた》をゆっくりと押し上げて、またたきを繰り返すと、ネクタイを締めたシャツの上にエプロンをつけた伊豆倉がこちらをのぞきこんでいた。

「おはようございます、幸野さん」

おはようございます、と返したつもりの声は掠《かす》れていて、明確な言葉を紡げなかった。

のろのろと起こした身体の下肢は素肌だったけれど、上半身にはパジャマを纏っていた。昨夜、伊豆倉が着せてくれたのだろう。

部屋の中には、眩しい朝陽が満ちていた。

――七時を少し過ぎている。サイドテーブルの時計で時間を確かめた幸野に、伊豆倉が「どうぞ」と水の入ったグラスを差し出す。

「ありがとう、ございます……」

喉をすべり落ちてゆく冷たい水が心地よかった。

空になったグラスを、サイドテーブルに置く。

「身体、どこか辛いところはありませんか？」

「ええ、大丈夫です」

「では、そろそろ起きましょう。朝食もできていますよ」

はい、と頷いて掛け布団を押しやり、ベッドから下りようとしたとき、意図せずパジャマの裾が捲れてペニスが露《あら》わになった。

とたん、伊豆倉の顔に喜色が広がる。

「乙女でなくなっても、やっぱり清らかな乙女百合ですね」

ベッドの前に跪《ひざまず》いた伊豆倉が、ペニスを掌に載せてその先端に恭《うやうや》しく口づけた。

「おはようございます。今朝も、とても綺麗ですよ」

あでやかな笑みを湛え、伊豆倉は幸野のペニスに朝の挨拶をした。

その甘くて優しい変人ぶりが、おかしくて、愛おしい。愛おしくてたまらない。

そう思った胸に甘苦しさが広がって、幸野は思わず頬をくしゃりとゆがめた。

一度だけ抱かれて思い出を得られれば諦めるつもりだったのに、伊豆倉への恋しさは昨日よりもずっと深くなっていた。

二月の第二土曜日に、深山の結婚式が海辺の教会でおこなわれた。

秘書課で招待を受けるようなつき合いがあるのは幸野ひとりだけだったため、深山は席次に迷ったようだ。偶然なのだろうけれど、国際政策課の課員たちと同じテーブルに振り分けられており、席は伊豆倉の右隣だった。

純白のウェディングドレスを纏う深山は、とても美しかった。気合いを入れて受けたブライダルエステのおかげと言うよりも、きっと大きな幸福感で輝いているからだろう。

式の余興では、新郎の友人たちが結婚式の定番ラブソングを披露《ひろう》した。

それは、生まれ変わってもずっと一緒にいよう、という永遠の愛を誓う内容の歌だった。

新郎の友人たちはかなり本格的に練習したらしい。「余興」と呼ぶのがもったいないほど歌も踊りも完璧で、新郎新婦の門出を祝い、喜ぶ気持ちが伝わってきた。

元々、幸野の好きな歌だったこともあり、心に深く響いたその歌は式が終わっても幸野の耳の奥で流れ続けていた。

だから、伊豆倉と一緒に帰宅して着替え、起き出したハリオと遊んでいるうちに、歌詞がぽろりと口からこぼれ出た。

——君がどこにいても見つけ出すから、何度でも恋をして一緒にいよう。

——ずっとずっと一緒にいよう。

職場が同じで、同居もしている。

こんなにも近くにいるのに伊豆倉の存在は遠い。

このラブソングの歌詞のようにずっと一緒にいたいのに、それは決して叶わない夢だ。

伊豆倉には、好きな相手がちゃんといるから。

夫婦ごっこは、来月には終わってしまうから。

「深山さん、綺麗でしたね」

「ええ」

頷いた幸野の指先をぺろりと舐めたハリオが、どこかへ走っていく。

「また、次の恋ができますよ」

「……だと、いいんですけど」

そっと伊豆倉にもたれると、肩を抱き寄せられた。

「辛い、ですか?」

伊豆倉の甘い声が鼓膜に沁みこんでくる。肌を内側から撫でられているようで、体温がじわりと上がった。

自分を慰めてくれようとしている優しさを感じ、幸野は静かに頷いた。

「ええ、とても……」

卑怯《ひきょう》なことだとわかっていた。だが、それでも、幸野は伊豆倉に抱かれたかった。この偽りの関係が終わるまでに一度でも多く、恋しい男の熱を感じたかった。


「花の香りがリラックス効果を生むんですよ」

指を絡められ、連れて行かれた先は寝室ではなく、バスルームだった。

深山の結婚式から傷ついて帰宅するだろうと予想して、今晩は元々薔薇《ばら》風呂を用意してくれていたそうだ。

薔薇で埋め尽くされた浴槽に、一面に立ちこめる芳香。

いつもとはすっかり様相を変えているバスルームを見て、幸野は少し驚いた。中へ踏みこむことに一瞬躊躇《ためら》ったけれど、せっかくの伊豆倉の真心を拒むことなどできるはずもなかった。

脱衣所で服を脱ぎ、伊豆倉と一緒にバスルームへ入る。

恋をしていた深山が結婚してしまい、悲しい——。そんなふりをしている幸野の身体と髪を伊豆倉は優しく洗ってくれた。

「あの、課長。自分でできますから……」

そう訴えても、伊豆倉は幸野を離してくれなかった。

「今晩は、私にとことんお世話をさせてください。幸野さんが悲しいことを考えて落ちこんだりしないように、そうしたいんです」

伊豆倉に優しくされればされるほど、嘘をついていることが辛くなった。

その罪悪感を隠しきれず、顔を曇らせると、肌をすべる伊豆倉の手がさらに優しくなる。それがまた辛さを煽り、眦に涙がうっすら滲《にじ》んだ。

「幸野さん、泣かないでください。あなたに泣かれると、私も悲しくなります」

淡く苦笑して、伊豆倉が幸野の眦に浮かぶ雫《しずく》を指先で拭《ぬぐ》った。

「……泣いていません。汗が、目に入って、沁みただけ……です」

言葉を詰まらせながら告げた唇を、「そうですか」と笑った伊豆倉に何度も啄まれる。

やわらかい唇の温かさが胸に深く沁みて、またこぼれた涙を吸われた。

単なるファンで、夫婦ごっこをしているだけの自分にも、伊豆倉はこんなにも優しい。ならば、本当の愛情を抱く相手には、一体どれほど甘いのだろうか。

考えた胸が痛くなり、震えだした身体を横抱きにされ、ふたり一緒に浴槽《よくそう》に浸かった。

大きく揺れた湯面から薔薇の香りが立ち上り、鼻孔を甘く刺激した。

伊豆倉の脚の上に載せられた格好で、幸野は背後の逞しい胸に背を預けた。リラックスできるというよりは、何だか酔ってしまいそうな芳醇《ほうじゅん》な匂いを吸いこむうちに、身体から力が抜けていった。

「そうやって、今晩は私に甘えてください」

「……私はいつも、課長に甘えている気がします」

「今晩はいつもよりもっと甘えてください」

首筋に押し当てられた唇が、官能的に蠢《うごめ》く。

「ふ……っ」

湯面で揺れる花びらにくすぐられ、ますます弛緩する肌を撫でていた指が、胸もとへ異動してくる。

ふたつの乳首を同時に揉まれ、指の腹で転がされる。

「はっ、あ、ぁ……っ」

つんと勃った乳首を摘《つ》ままれて、その芯をきゅっと押しつぶされた。

指と指のあいだで肉粒がひしゃげる感覚に腰が揺れた。

「あ、あ、あ……」

快感があとからあとから湧いてくる。とめどなく溢れ出る愉悦の波が全身に広がり、気がつくと幸野は勃起していた。

薔薇の花びらに覆《おお》われた湯面から、ペニスが半分ほどにょきりと突き出ていた。

「あ……」

恥ずかしい、どうしようと思った気持ちを吸収でもしたかのように、ペニスはさらに膨らんでその肉色を鮮やかにした。

「あでやかな薔薇の大群の中に、清らかな百合が一輪とは絶景ですね」

伊豆倉の嬉しげな声が、浴室の中に響く。

「……私は、もう清らかではありません」

「あなたは清らかですよ」

湯面から突き出た恥ずかしいものを隠そうする幸野の手を制して、伊豆倉は乳首をまたいじり出す。

「あ、あっ……、あっ」

硬く凝った肉粒をくりくりとねじられ、つんと高く突き出た乳頭の表面を指の腹で擦られていると、たまらない気分になった。

ペニスの先端で秘唇がくぱっくぱっと開閉しながら、蜜を垂れこぼしはじめた。

透明な蜜は、あとからあとから溢れてくる。くちゅぅと粘りつく音が、浴室内で密やかに、そしてとても淫らに響いた。

「まるで、下の唇まで歌を歌っているみたいですね」

うっとり悦ぶ口調で伊豆倉が言う。

いつの間にか、伊豆倉も勃起していたようで、背中に硬くて熱いものを感じた。

「……課長。当たっています……」

「私はあなたが好きですから。そのあなたのこんな麗しい姿を見て、平静でいられるわけがありません」

心は決してくれないのに、「好き」という言葉は簡単に与えてくれる。

その残酷な甘さに震えた幸野の胸を、伊豆倉の指がすべり、下腹部へ落ちていく。陰嚢の下へもぐりこみ、さらに会陰の奥へと伸びていった指が、秘所の窄まりを撫でた。

「あっ……」

「快感以外、何も考えられなくしてさしあげますから、ここで挿れてもいいですか？」

ぬっと肉環を突いて侵入してきた指に浅い場所を捏《こ》ねられながら、背中を太くて硬い杭でごりごりと擦られる。乳首も摘まれ、ぴんぴんと弾かれる。

三箇所を同時にいじられて、下腹部が波打つ。

ペニスも反りをきつくしてしなり揺れ、はしたなく開いた秘唇の奥からにゅっにゅっと蜜を散らし出す。

「あ、あ……っ、は……っ」

「幸野さん……」

乳首を離れた指が、ぴくんぴくんと湯面で躍るペニスの先端の孔をくじった。

「――ひうっ」

たまらず腰が跳ね上がって浮く。

偶然なのか、背後からその位置を狙《ねら》われたのか、後孔の花襞に雄の屹立がぴたりとはまった。

肉の剣先で襞の表面をぶしゅっと浅く刺され、目が眩《くら》んだ。

「あっ」

「ねえ、幸野さん。挿れて、いいですか？」

甘ったるい声を耳の奥へ吹きこまれ、背骨がぐずぐずと溶けてゆく。

腰が落ち、自ずと位置を下げた肉環の奥へ、太々と張り出した雄の亀頭がずぶんと埋まる。

「ああぁっ。も……っ、入って、る……っ」

「ええ。もっと奥まで挿れていいですか？」

肌は熱をはらみ、ざわめいている。伊豆倉に教えられたもっと大きな快感を身体が求めているのを、幸野ははっきりと感じた。

だが、羞恥心が勝り、それを言葉にできない理性の代わりに、火照りを深める身体が勝手に動いた。

腰がはしたなく揺れ、長大な剛直を内部へじわじわと引きこんでゆく。

「はっ……、ぁ、んっ」

力強い挿入の圧力で肉襞がにゅるっとめくれたのを感じた。

鋭い快感が足先へ走り、脳裏で喜悦がぱちぱちと弾けた。

わずかに浮いていた腰が完全に落ち、その自重で伊豆倉の怒張が根元まで一気に埋まる。

「――ああぁっ」

張り出した亀頭のふちでずるるるっと粘膜をえぐられ、雄の形に押し広げられた肉がすり潰されて灼《や》かれた。

ずぼっと最奥を突き刺され、脳髄が焦《こ》げるような快感に幸野は腰をのたうたせて極まった。湯面からさらに突き出たペニスが、白濁を四方へびゅびゅっと撒き散らす。

「あっ、あっ、あっ……」

絶頂の波がうねり、激しくする肉筒の中を、伊豆倉がずんずんと突き上げてくる。

「あ……ぁあ！　か、ちょう……っ」

ぐちゅっ、ぐちゅっと猛々しい抽挿を受け、幸野は嬌声を高く放つ。

背後から突き上げられるたび、深く強く肉を掘りえぐられる快感が眼前で弾け、その喜悦を吸いこんでまた膨らんだペニスが湯面の花びらを撥ね上げながらぶるんぶるんと揺れ踊った。

揺れ回るペニスの穂先から粘り気のある蜜が飛び散り、美しい色の花びらを汚す。

「あ、あ……っ。う、くぅ……っ」

背を弓なりに反らせて煩悶する幸野の後ろで、伊豆倉が怒張の抜き差しをさらに凶暴にした。

「気持ちいいですか、幸野さん」

「――っふ、あ、あ、あ……っ」

とめどなく与えられる強烈な愉悦に眉根をきつく寄せ、幸野は悶えながら頷きを返す。

「幸野さん、私はあなたが好きですよ。だから、辛くて流される涙は見たくありません。悲しい気持ちは忘れて、今はただ気持ちよくなってください」

摩擦熱で爛れる粘膜をどすどすと突かれ、肉筒をあますところなくすりつぶされる。濃密な薔薇の香りと甘美な快感が、頭の中で渦《うず》を巻く。

――気持ちがいい。

――優しくされるのが嬉しい。

――嘘をついているのが辛い。

――愛されないのが悲しい。

様々な感情が、愉悦と溶け合って脳裏を駆け巡る。

だんだんと眼前が白んでいくのを感じながら、幸野は快感に溺《おぼ》れるように喘いだ。

「……キス、して……、ください……っ」

好きだと言ってくれるなら、恋人にするようなキスもしてほしい。

そう思ってねだった唇を、甘く塞《ふさ》がれた。

「主査ぁ。課長、どこかで見ませんでしたか？」

三月に入ってすぐのその日、食堂で昼食をすませて秘書課へ戻ってくると、部下の柴原がため息交じりに訊いてきた。

「いや。どうかしたか?」

「昼休み中にハンコがほしい書類を出しておいたんですけど、まだ押してくれていなくて。さっきまでここで囲碁の本と超真剣な顔で睨めっこしてたんですけど、どこ行っちゃったんですかねえ」

「スマホにかけてみたか?」

「課長のスマホはデスクです」

もう一度ため息をついて、柴原は「俺、ちょっと探してきます。トイレで長考でもしてるのかも」とフロアを駆け出ていった。

苦笑してデスクに座ると、市長室から伊豆倉が出てきた。幸野が食堂へ行っているあいだに市松に呼ばれていたようだ。

「幸野さん、ちょうどよかった。少しお時間、ありますか?」

昼休みはまだ十分以上残っていて、そのあいだに急ぎで取りかからねばならない仕事はない。

はい、と幸野は頷く。

「じゃあ、ちょっと向こうへお願いします」

伊豆倉の態度は業務用のものだったので、何か市松と秘書課に関連する仕事の話なのかと思った。だが、フロアの端の資料室に連れて行かれて告げられたのは、ごくプライベートなことだった。

「実家でちょっとトラブルが起きまして、今日からしばらく、こちらと向こうを行ったり来たりすることになりそうなんです」

今日も終業後は実家へ戻り、こちらへ帰ってこられるかどうかわからないという。

「それで、今晩も含め、私が留守のときのハリオの世話をお願いしたいんです」

実家のトラブル。何か政治絡みの問題かもしれない。

気にはなったが訊けないまま、幸野はハリオの世話を引き受けた。

「わかりました。任せてください」

「じゃあ、これ、お礼です」

言うなり、唇を重ねるだけのキスをされた。

誰もいない資料室とは言え、大胆な行動に幸野は驚いた。

「……こういうのは、お礼にはなっていないと思いますが」

「あれ、そうですか？　下の唇にすると変態呼ばわりされますが、上のほうへすると幸野さんは結構喜んでくれていることを最近発見したつもりだったんですが」

薔薇の中で溺れるように抱き合って以来、よくするようになった普通のキスは好きだ。

それは事実だけれど、自分は伊豆倉の恋人ではないのだから、肯定はできない。こんな場所であろうと、なかろうと。

「それは、課長の勘違いです」

無表情を装って首を振り、幸野は秘書課へ戻る。

唇にかすかに残るキスの温《ぬく》もりを感じながら、午後の業務をこなした。定時近く、一階の市民課に所用ができて出向くと、来庁していた内本と玄関ホールで行き合った。

「幸野、ようやく会えた」

嬉しげな笑顔を向けられ、幸野も頷く。

「市役所には結構来るから、またすぐに会えるつもりだったのになかなかで、最初の日に格好つけずに名刺を渡しておけばよかったと後悔した」

苦笑気味に名刺が差し出される。

「悪い。俺は今、持ってなくて」

ごまかしたわけではない。庁舎内なので、名刺は机の中だ。

「いいさ。それより、今晩あたり、時間取れないか？　この前、途中になった話の続き、早めにしたくてさ」

学生時代の、気まずい別れへの謝罪だろう。

自分が一方的な被害者だとはもう考えていないので、幸野にも謝りたい気持ちがある。書類の提出代行業務などで頻繁《ひんぱん》に来庁するだろう内本とは今後も顔を合わせる可能性があるのだから、なおさらだ。

ちょうど、今晩は伊豆倉が留守だ。二十時に庁舎近くの居酒屋で会う約束をした。

終業後に一旦伊豆倉のマンションへ戻ってハリオの世話をしたあと、時間通りに店で落ち合うと、内本に個室へ移ることを提案された。互いに話そうとしている内容を考えれば不自然なことではなく、幸野は躊躇わずに応じた。

庁舎では交換しそびれた名刺を渡し、酒と注文した料理が一通り揃ったところで、内本が「すまん、幸野！」と頭を下げた。

「俺、ずっと気にしてたんだ。お前にずいぶん酷いことをしたって……」

「いや……。俺だって悪いことをした。申し訳なかったと思ってる」

幸野は静かに言葉を紡ぐ。

「気を持たせるような態度を取ったくせに、いざってときに突き飛ばしたりしたら、腹を立てられて当然だ。衝動に突き動かされる年齢だったことを考えたら、力尽くの行動を取らなかったお前はそう酷くはなかった」

「そう言ってもらうのはありがたいが、未遂《みすい》とは言え、ちゃんとつき合ってたわけでもない相手を襲いかけた身としては冷や汗が出るな……」

本当に滲ませている額の汗をおしぼりで拭い、内本はビールを飲む。

「……あのさ、幸野。あのとき、お前が俺を拒んだのは、自分がゲイかどうか悩んでて、やっぱり男同士は無理だって思ったからか？」

そうじゃない、と幸野は首を振る。

「ゲイだっていう自覚ははっきりあった。ただ、誰ともつき合ったことがなかったから……。それに、子供の頃、痴漢やストーカーの被害に何度か遭って、その記憶がまだ生々しかったあの頃は、不意打ちで触られることが苦手だったんだ」

そうか、と内本が呟きを落とす。

「俺がきちんと手順を踏んでさえいたら、ああいう展開にはなってなかったんだな……」

「たぶん」

「……何と言うか、本当にすまん！」

テーブルに額がつくほど頭を下げられ、幸野は「もういいから」と苦笑する。

「お互い、若かったってことだ。もう忘れよう」

一瞬の間を置いて、内本が「いや、無理だ」と言った。

「え？」

「俺も、あそこまで深い話ができたのはお前が初めてだったんだ。だから、拒否されて、ゲイだってこと自体を否定されたみたいな気になって、お前から逃げた」

だけど、お前のことがずっと忘れられなかった、と内本は声を強くする。

「あのあと、誰とつき合ってもお前の顔がちらついたし、また会えてからは、何かの冗談みたいに綺麗なその顔が目と心に焼きついて離れないんだ」

「――顔、か」

思わず苦笑した幸野に、内本が「ああ」と深く頷きを返してくる。

「上手い言葉は使えないが、お前はとても同じ三十を過ぎた男とは思えない、昔のまんまの超絶美人で、雷に打たれたみたいな電気が走った」

おそらく、本気で、全力で、幸野の容姿を賛辞してくれているのだろう内本の視線が、射るような強さで肌に刺さる。

「幸野。俺にもう一度、チャンスをくれないか？　頼む」

「……悪い。それは、無理だ」

「誰かとつき合ってたり、好きな相手がいたりするのか？」

一瞬迷い、幸野は「違う」と答える。

「今は仕事が大変で、しばらくほかのことは考えられないんだ」

真正面から熱い気持ちを向けられ、心は揺れた。

伊豆倉との夫婦ごっこはもうすぐ終わってしまう。きっと、今まで経験したことのない辛さに襲われるだろうそのときに、誰かにそばにいてほしくなるだろう。

けれども、その役を内本に頼みたいとは思えなかった。

謝罪をし合い、過去の蟠《わだかま》りは消えた。しかし、かつての内本に抱いていた気持ちはもう蘇らない。

内本が好きなのは、幸野の顔。容姿が衰えたら愛想を尽かされるかもしれない相手を、自分はたぶん愛せない。

それがわかっていながら頷くのは、もうすぐ訪れる失恋の辛さを和《やわ》らげるために内本を利用することにほかならない。今の内本に負の感情を持ってはいないからこそ、そんな狡いことはしたくなかった。

だから、好きな相手がいるとも告げられなかった。

一度、伊豆倉のことを口にしてしまうと、叶わない恋をしている寂しさに負けて、目の前に差し出された手に縋ってしまいそうだと思ったのだ。


洗面所で顔を洗ってリビングへ戻ってくると、キッチンから漂《ただよ》ってくる朝の匂いが濃くなっていた。ちょうど朝食ができあがる頃合いのようだ。

食欲を刺激されながらダイニングテーブルへ向かっていると、先ほど通勤鞄と一緒にソファに置いたスーツの上着のポケットでスマートフォンが鳴った。

メールの着信音だ。スマートフォンを取り出すと、内本からのメールを受信していた。

またか、と思いながらため息をつき、幸野はスマートフォンをポケットに戻す。

自分とやり直したいという内本の申し出を断ってから一週間。

学生時代のように、気持ちを拒んだからと言って、あの夜の内本が暴力的になることなどなかった。幸野の言葉を「そっか」と静かに受けとめ、自然な態度で食事を続け、ごく普通に駅で別れた。

だから、あの話はそこで終えられたものだと思っていたのに、違った。

翌日から、毎日のように内本から連絡が来るようになったのだ。もう一度話がしたい、会ってほしいと電話やメールで誘われる。何度かに一度は応答して、やんわりと断りの返事をしても、連絡はとまらなかった。

しつこいと言えばしつこいが、連絡はせいぜい一日に一度あるかないか。庁舎で待ち伏せをされるようなこともない。独り身で、好きな相手もいないと告げたので、内本にしてみれば、たぶんこれは正常なアプローチの範囲なのだろう。

だが、このまま放置しておくと、よくない方向へ転がりそうな気がする。そうなる前にもう一度だけ会って、はっきりその気はないと伝えるべきだろう。

こうなってしまうと、今更実は好きな相手がいると話してもただの口実にしか聞こえないだろうから、不本意ながら少しきつい言葉を使って断るしかないようだ。

「幸野さん。何か憂鬱な報せでも来ましたか?」

ほのかに湯気を立てる雑穀米が入った茶碗をふたつテーブルに置いて、伊豆倉が問いかけてくる。

「憂鬱というほどでもありませんが、ちょっと面倒な仕事が増えそうな報せでした」

曖昧にごまかして、幸野は椅子に座る。

困ったことがあれば隠さずに相談すると約束はしたものの、内本にはいささか粘られているだけで、岩月ほどの深刻な問題はない。何もかもを伊豆倉に頼るのは情けないし、これは自分で解決すべきことのように感じたのだ。

「今日の帰り、遅くなりそうですか?」

「いえ、よほどのことがない限りは、いつもと同じだと思います」

「私は今晩、ちょっと遅くなりそうなので、ハリオのこと、お願いします」

例の実家のトラブル絡みのようだ。

「わかりました」

優しい色の雑穀米、厚揚げとアスパラの味噌汁、黄身がぴかぴか輝く目玉焼きとほどよく焦げ目のついたソーセージ、真っ赤なプチトマトのピクルスがテーブルの上に並ぶ。

美味しい朝食で少しばかり滅入《めい》った気分を押し流し、元気をもらって登庁したあと、幸野は空き時間に内本に連絡を取ってみた。

仕事が忙しいのか、繋がらなかったが、夜になって電話が掛かってきた。

『電話、くれたよな。悪い。今日は一日、やけに立てこんでてさ』

二十二時が近かったので少し迷ったものの、早く終わらせたほうがお互いのためなので、今から会えるかと尋ねた。内本は、すぐに出られると応じた。

幸野は、自分のアパートで会うことにした。話し合う内容が内容だし、きっぱり断るためには言葉をきつくしなければならない。内本を怒らせてしまう可能性もあるので、店では個室を取ってもやはり人目が気になると思ったのだ。

伊豆倉は遅くなっても帰宅はする口ぶりだった。内本との話し合いはどのていどの時間で終わるとも見当がつかなかったので、伊豆倉が心配しないように自宅アパートで人と会う用があるとメモを残し、セーターとジーンズに着替えてマンションを出た。

早く決着をつけて帰ってきたいという焦りのせいか、駅のホームでスマートフォンを忘れたことに気がついたが、結局そのまま電車に乗った。

内本は、時間通りにアパートに現れた。

玄関を入ってすぐの狭い台所に入れはしたが、長居は困るという意思表示のつもりで鍵は閉めず、飲み物も出さず、幸野は単刀直入に自分の気持ちを伝えた。

内本とつき合う気はまったくないことと、連絡が迷惑だということを。

「——迷惑?」

「ああ。俺は絶対にお前を好きにはなれない。だから、会うのはこれが最後にしてほしい」

前回の話し合いでは、何か誤解を生じさせるような態度を無自覚のうちに取ってしまっていたのかもしれない。だから、今度はそんなことが決してないように、幸野は冷淡さを精一杯装って言葉を投げた。

内本はうつむき、しばらく黙ったままだったが、やがて大きなため息をついた。

「そうか……、迷惑か」

ひどく傷ついたような声だった。

胸が痛んだが、ほかにどうしようもできず、「そうだ」と繰り返そうとした寸前だった。

「――ふざけんじゃねえぞっ！」

顔を上げた内本がその形相をゆがませ、怒鳴った。

「男はいないって気を持たせて、こんな時間に誘い出したあげく、何が、迷惑だっ」

鼓膜を劈《つんざ》かれると同時に、腹部に鈍い衝撃を受けた。

殴られたのだと気づいたときには、床の上に乱暴に蹴り倒されていた。受け身を取る余裕もなく、幸野は背中を強かに打った。

「――っ、うっ」

「何度も何度も、人をコケにしやがってっ。ちょっと顔がいいからって、何様のつもりだ！」

呼吸をするたび、肺まで流れこんできそうなほど濃く強烈な怒気をしたたらせ、内本は幸野のベルトを引きちぎるように外した。

「――や、めっ」

逃げようとしたが、背中と腹部の両側で響く痛みと、力任せにのし掛かってくる内本の体重のせいで、思うように身体が動かせない。

ジーンズの前が暴かれて、下着ごと一気にずり下ろされた。

「はっ。顔とおんなじで、ここもずいぶんとお綺麗だな」

下卑た笑みを浮かべて、内本が幸野のペニスを力任せに握る。

「――ひっ」

やわらかな肉を無遠慮に押しつぶされ、幸野は喉を震わせた。

「覚悟しとけよ、幸野。俺がいなきゃ、身体が夜泣きして耐えられなくなるまで、一晩中でも仕込んでやるからな」

野獣めいた声音で言いながら、内本は幸野のペニスを扱く。

愛情など欠片もない手つきで、ずりっずりっと皮膚を上下に大きく擦られる。その乱暴な震動が伝わり、ペニスの根元で縮こまっていた陰嚢がぶるんぶるん揺れた。

「――く、ぅっ」

「果物みたいなタマだな、おい」

内本は血走った目を細めて笑った。そして、身を屈ませてそこへ顔を近づけると、幸野の陰嚢にむしゃぶりついた。

「ひ、ぅっ」

じゅるっ、じゅるっと陰嚢を舐め啜られながらペニスを扱かれたけれど、その行為で生まれるのは快感ではなく、ただ深い嫌悪感ばかりだった。

ゲイクラブで鉢合わせした伊豆倉に初めてフェラチオをされたときと、まったく違う。あのときも息がとまりそうになったけれど、こんな不快感などなかった。

それはたぶん、伊豆倉の態度が内本とは比べものにならないほど気品に満ちていたせいではない。あのとき自分はもうすでに、おかしな変態紳士だった伊豆倉に惹かれてしまっていたのだと今更ながらに気づいた胸が、じんじんとひりついた。

「やめ、ろ……っ、やめろっ！　俺に、触るなっ！」

陰部に感じる舌も指も体温も、何もかもが吐き気を催すほど気持ちが悪かった。

一心不乱に両脚を動かすと、右の踵が内本の後頭部に強く当たった。

「――ぐっ」

口に含まれていた陰嚢が吐き出された瞬間、幸野は渾身《こんしん》の力を込めて内本の顔を蹴った。自分を押さえつけていた力が弱まった隙を逃さず、幸野は横へ転がって立ち上がった。

「幸野っ、可愛がってやるって言ってんだろうがっ。大人しくしやがれ！」

内本がゆらりと身を起こし、幸野をきつく睨みつけてくる。

その目の野蛮《やばん》さに、ぞっと総毛立つ。何をされるかわからない恐怖が、心臓を押しつぶすような勢いで膨れあがる。

ここには固定電話がないので、助けを呼ぶには外へ出るしかないが、玄関への動線上には内本がいる。幸野は一か八かで内本に体当たりした。

後退ではなく、突進してくる動きが予想外だったのか、内本を突き飛ばすことはできた。だが、中途半端な位置にずれたままだったジーンズのせいで脚が縺れ、幸野は無様に転んでしまった。その背後から内本が馬乗りになって、幸野を組み敷く。

「いい加減にしろよ、幸野！」

内本が叫びながら、幸野の剝き出しの尻を叩いた。

「ひっ」

「すべすべして、子供みたいなケツだな」

臀部《でんぶ》の肉を鷲摑《わしづか》みにされたまま太い指で揉みこまれ、気持ちの悪さに涙が滲んだ。

「――っ、く、ぅ……」

触られたくない。伊豆倉以外に触られるのは、嫌だ。

たとえ成就しない片恋であっても、好きなのは伊豆倉だけだから。触れてほしいと思えるのは伊豆倉ひとりだ。

心と体はそう叫んでいるのに、背中に乗る内本の体重で身体が床に縫いつけられているようで、動けない。

もうあとは、近隣の誰かが通報してくれる幸運を願って、力の限り叫ぶしかない。できるだけ大声が出せるように、息を深く吸いこんだときだった。

玄関がノックされ、自分を呼ぶ伊豆倉の声が聞こえた気がした。

一瞬、願望が聞かせた幻聴かと思ったけれど、幸野の上で内本が身体を硬くした。内本も扉の外の気配を感じているようだ。

「――課長。課長！」

幸野が声を放った直後、玄関が開いた。

コート姿の伊豆倉と目が合い、安堵《あんど》した次の瞬間、内本の身体が後方へ吹き飛んだ。土足のまま躍りかかってきた伊豆倉に殴り飛ばされたのだ。

「幸野さん、大丈夫ですか？」

「はい……、大丈夫です」

助け起こした幸野の全身に視線を走らせ、怪我がないことを確認すると、伊豆倉は大きく息をついた。

「無事でよかったです、本当に」

そう言った伊豆倉が、幸野をきつく抱きしめた。

「家に帰ったらこんな時間なのにあなたはいないし、変な置き手紙はあるし、スマホも置いていっているしで、本当に心配したんですよ。念のために様子を見に来て、正解でした」

「……すみません。課長にはいつも助けていただいてばかりで……」

「謝罪は結構です。あなたを守ることが、私の務めですから。でも、」

伊豆倉が何かを言いかけたとき、ふいにシャッター音が続けざまに響いた。

内本が、スマートフォンのカメラレンズをこちらへ向けていた。

「何のつもりだ？」

幸野を抱いていた腕を離し、伊豆倉が冷ややかな声を投げる。

「お、お前……、幸野とできてるだろうっ」

スマートフォンを何やら操作しながら引《ひ》き攣《つ》る声で喚《わめ》く内本に、伊豆倉は微塵《みじん》の動揺も見せずに「それがどうかしたか？」と淡々と返す。

「俺は、お前を知ってるぞ！　元・農水大臣の伊豆倉の息子だろう？　総務省かどっかのキャリアのっ」

内本は独立するまでは、永田町の法律事務所で働いていたと言っていた。

その関係で、伊豆倉の顔や父親のことを知っているのだろう。

幸野の胸には嫌な予感が広がったが、伊豆倉にはやはり動じている様子はまったくない。

「だったら何だ？」

「親父さんはそろそろ引退を考えていて、あんたが跡を継ぐんだろ？　尻丸出しの男といちゃいちゃ抱き合ってる写真が表に出たら、困るんじゃないのか？」

「——内本っ！」

その卑劣《ひれつ》さが許せず、反射的にスマートフォンを内本の手から払い飛ばそうとした幸野を伊豆倉が制す。

「落ち着いてくださいい、幸野さん。たぶん、もうクラウドに上げられていますよ。あのスマホを壊しても無意味です」

「その通りだぜ、幸野。彼氏を助けられなくて、残念だったなぁ」

小馬鹿にしたように鼻を鳴らした内本が、ふと「ああ」と納得したような顔つきになる。

「何が男はいないだ、しっかりいるじゃねえかと思ったが、まあ、そりゃ、言えねえわな。元大臣の息子で、もうすぐ出馬予定のキャリア官僚が男だなんてさ。うかつに話して、それが世間に広まりでもしたら、伊豆倉ジュニアの将来は消えてなくなるもんな」

勝ち誇った表情で、内本は高笑いを響かせる。

「なあ、官僚さんよ。あんたもわかったか？　お前の未来を握ってるのは、俺だ。無事、親父さんの後を継ぎたけりゃ、これから俺が言うことを――」

「誰を脅してるつもりだ？」

内本の言葉を遮《さえぎ》った伊豆倉の声が、低く響く。

「たかがあんな写真一枚で、俺がつぶせると本気で思ってるのか？　おもしろい冗談だな」

「――だ、だったら、試してみるか？」

「したければ、するといい。ただし、その結果を知ることは永遠にできないぞ？」

「……どういう、意味だよ？」

HDR

伊豆倉は言葉は何も返さず、ただ唇をほころばせた。

時代がどう変わろうと、脈々と権力と財力を保ち続けている一族の血の力なのだろうか。直視すれば石化でもしてしまいそうな、ぞっとするほど凄みのある無言の笑みを真正面から冷ややかに向けられ、内本の中で本能的な恐怖が生まれたようだ。

ひぃっと上擦る声を漏らしたかと思うと、内本は脱兎のように部屋を飛び出していった。

口ほどにもない、と伊豆倉が肩をすくめた。


「さてと、我々も帰りましょう。私たちの家へ。ハリオも待っていますよ」

内本が去ったあと、手を引かれるようにしてアパートを出た。

伊豆倉の運転する車でマンションへ戻った。玄関で靴を脱いだ伊豆倉が「ところで、さっきの男ですが、こちらで片づけていいですか?」と訊いてきた。

「……あの、片づけるとは、具体的にどのようなことをされるんですか?」

たとえ可能であったとしても、まさか細切れにして東京湾に沈めたりはしないだろうが、念のため確かめてみる。

「うちの顧問弁護士が話をつけに行き、回収すべきものを回収します。それから、あの男がしたことに見合った社会的制裁を受けさせます」

「……課長にお任せします」

内本には、本気の恐怖を味わわされた。自分と内本のあいだだけのことなら、通報したかもしれない。だが、巻きこんでしまった伊豆倉にこれ以上の迷惑は掛けられない。

「わかりました。では、あの男が誰なのか、聞かせてください」

迷いつつ、結局、自分もゲイであることは省き、感情の誤解があったことにして内本との関係を簡潔に説明すると、伊豆倉が電話で弁護士らしい相手に必要事項を伝えた。

その声を聞きながら浴室へ向かい、シャワーを浴びた。温まって浴室から出てくると、ケージから出されていたハリオが寄ってきた。

幸野の足もとでころっと仰向けになったハリオのやわらかな腹を撫でる。猫がそうするようにハリオがごろごろと鳴らす声を聞いていると、身体の奥底からどっと安堵が溢れ出てきて脚が震え、幸野はへたり込んだ。

「怖かったですね、幸野さん」

キッチンのほうから歩み寄ってきた伊豆倉が幸野の前に屈み、抱きしめてくる。

「……怖かったと言うより、気持ち悪かったです」

ほろりと本心がこぼれた。

すると、伊豆倉が少し身を離し、幸野を見つめる双眸をやわらかくたわめた。

「本当に、間に合ってよかったです」

「はい……」

「困ったことは相談してくださいと言ったのに、してくれませんでしたね」

「すみません……。自分で解決できることだと思ったので……」

「幸野さんは公務員としては優秀な方なのに、社会人としてはかなり問題がありますよね。他人との関わり方がわからなくなってしまった事情や、大変だったご家庭のことを考えても、いささか浮き世離れしているというか、天然ぼけが過ぎるというか」

幸野に向く眼差しに批難の色がわずかに浮かぶ。

「仕事を離れると、人を見る目がないですよね」

「……すみません」

「年上なのに、あなたを見ていると危なっかしくてたまりません。心配でなりません。だから、最近、私は気がつくとあなたのことばかり考えています」

申し訳なさが募《つの》り、幸野は「すみません」と繰り返す。

「本気でそう思っていますか?」

「……はい」

「では、責任を取って私と結婚してください」

「――え?」

「いくら想っても、深山さんはもう人妻ですし、私とのセックスではちゃんと気持ちよくなれるのに、ほかの男に触られるのは気持ちが悪いのなら、幸野さんの心はもう私のものだということですから」

自信に満ちた声で断言され、幸野はまたたく。

「あの、でも課長には生涯のパートナーにしたい意中の方がいらっしゃるんじゃ……」

「ええ、いますよ。今、私の目の前に」

今、伊豆倉の目の前にいるのは自分だ。

わけがわからず、幸野はただ呆けた顔になる。

「……どう、いう、ことですか？」

「わりとわかりやすく示していたつもりなんですけど。射止めたいと思っている人は歌が好きで、それから、話しかけても軽くあしらわれて相手にしてもらえない難攻不落の人だって」

意中の相手の趣味が歌だとは確かに聞いた。

「……でも、私は課長を軽くあしらったりした覚えは、」

ないです、と言おうとして、気づく。

こんな関係になる前は、「新しいスーツですね」や「あれ、コロンか何かつけてますか？」などと話しかけられたとき、幸野は「はい」か「いいえ」ていどの受け答えしかしなかった。

恋愛対象にはなり得ない相手と不必要に親しくなりたくないという自衛の気持ちを働かせ、取りつく島もない態度で。

「告白もそれとなくしたつもりですよ。無表情でラブソングを歌いながらひとり残業をしているギャップに悩殺されて、奈良坂課長を支えようとする優しさの虜《とりこ》になった、と」

そう告げると、伊豆倉は幸野をまっすぐに見つめて笑んだ。

「愛してます、幸野さん。ずっと私と一緒にいてくれますか？」

「……課長」

無愛想な態度を取っていた言い訳をしたかった。

恋愛経験がないことは打ち明けていたのだから、ヒントはもっとわかりやすいものにしてほしかった。

話したいことがたくさん溢れてくる。

けれども、今はただ嬉しい気持ちが勝って頷こうとしたとき、無粋《ぶすい》な電子音が響いた。

幸野のスマートフォンの呼び出し音だ。内本からの謝罪か恨み節かもしれないが、こんな時間なので仕事の緊急連絡の可能性もある。

取りに行くと、珍しく奈良坂からで、市松の私設秘書である久保門が逮捕されたことを聞かされた。

久保門は飲酒運転の検問で検査を拒んで逃げ、その際、警察官ふたりに軽傷を負わせたらしい。秘書課は市長の広報の役目も負うため、幸野はすぐに市庁舎へ駆けつけた。

市長の秘書だからと言って、取り調べの状況を警察が市長室へ連絡してくるような特別扱いはもちろんない。柴原と向井のふたりを外へ出し、マスコミが気づいて騒ぎ出す前に正確な情報を収集することに努めていたさなか、また事件が起こった。

市松の自宅が投石と放火の被害に遭ったのだ。市松と家族に怪我はなかったものの、一階の窓の大半が割られ、庭木が燃えた。近隣住民から通報が相次ぎ、一気に集まったマスコミはすぐに久保門の逮捕の件も嗅《か》ぎつけ、深夜の庁舎内は大混乱に陥《おちい》り、結局、その夜は徹夜で対応に追われる羽目になった。

伊豆倉にプロポーズの返事をする時間がなかったのはもちろん、ろくに食事もできなかった混乱がようやく治まったのは、翌日の夕方だった。

そのあいだに投石・放火犯は逮捕され、接見した弁護士を通じて容疑を認めた久保門の解雇を市松が家族に通達した。

「久保門さん、どうして飲酒運転なんてしちゃったんですかねえ」

柴原が疲れた顔でデスクに肘をつき、どんよりと言うと、夕刊を読んでいた奈良坂が「馬鹿だから」と吐き捨てる。

「いや、まあ、確かにそうなんでしょうけど。子供さんが生まれたばっかりだって聞きましたよ？　なのに、この先、どうするんですかねえ」

車の事故によって家族を奪われた奈良坂はあからさまに手厳しいが、柴原の口調は少し同情的だ。

「守らなきゃならない家族がいるんだから、どうにかするしかないだろう」

幸野はキーボードを叩いて言う。そして、ふと、以前、伊豆倉から聞いた話を思い出す。

確か久保門は、市松から育児休暇を取るよう勧められていた。初めての子育てが大変そうなふうだったが、もしかすると育児疲れが原因の気の緩みだったのだろうか。

そんなことを思いつつ、明日の市松のスケジュール調整をしていたとき、秘書課フロアに伊豆倉が入ってきた。

売店のレジ袋を下げているが、スリーピースのスーツを纏う姿はとても優雅だ。

「これ、皆さんでどうぞ」

伊豆倉はレジ袋を幸野に渡す。中には、市松に呼ばれたついでに持ってきてくれたという差し入れの缶コーヒーが入っていた。

「ありがとうございます」

プロポーズをされてから、初めて目の前にする伊豆倉の姿が何だか眩しい。

幸野は照れくさい思いで、けれども努めて無表情を装って礼を言う。

「ところで。市長は先ほど、疲れたので甘い物が食べたいと仰って、売店へ行かれましたよ」

告げながら、幸野はレジ袋の中の缶コーヒーを奈良坂と柴原に渡し、受付に立っている向井のぶんをそのデスクの上に置く。

「らしいですね。来る途中で、ちょうど階段ですれ違って、うかがっています。呼び出すときに言ってもらえれば、コーヒーと一緒に買ってきたんですけど」

市松は過激発言が多いせいで横柄《おうへい》に思われがちだが、意外に偉ぶったところがなく、ちょっとした用なら自分で動いてしまうことが多い。

淡く苦笑してから、伊豆倉はふと悪戯めかした目を奈良坂に向けた。

「奈良坂課長。放火犯、例の脅迫状の主だったそうですね。クリスマスの赤文字の」

「それ、遠回しな嫌味ですかね、伊豆倉課長」

むすりと鼻筋に皺を寄せた奈良坂に、伊豆倉が「いいえ。そういうわけではありませんよ」と笑う。

そこへ、向井が「あの」と何やら困惑顔で現れた。

「久保門さんの奥さんがいらっしゃってるんですけど……」

小声で報告され、幸野は入り口のほうへ視線をやる。

磨《す》りガラス越しに、女性がひとり、うつむき加減に立っているのが見えた。

「市長にお詫《わ》びがしたいと仰って……。市長とのアポはありませんけど、どうしましょう?」

幸野は奈良坂と顔を見合わせる。

久保門が逮捕された昨日の今日。しかも、解雇を通達された直後だ。

育児疲れも合わせて、久保門の妻が多分に感情的になっているだろうことや、市松の口の悪さを考えれば、今は直接引き合わせるのはよくないのではないだろうか。

幸野はそう思った。奈良坂も同じようで「奥さんが夫の不始末を謝罪して、市長がそれを受け入れる、ってだけですみそうにないだろう」と顔を顰《しか》めた。

「ええ、ですね……」

幸野は頷く。

「向井さん。久保門さんの奥さんには、とりあえずお引き取りいただいてください」

そう指示したものの、遅かった。

売店から戻ってきた市松と鉢合わせしたらしく、言い争うような声が聞こえてきた。

幸野は慌てて席を立ち、受付へ向かう。

「だからね、奥さん。単なる交通事故なら、私も解雇なんてしませんよ。飲酒運転なんてモラルのないことをする人間は、私の秘書には必要ないんですよ」

「お願いします、市長。久保門にもう一度だけ、チャンスを与えてやっていただけないでしょうか？　私も、久保門が二度とお酒を飲まないように目を光らせますから」

市松と久保門の妻は、ほとんどもみ合いになっている。幸野は駆け寄り、「落ち着いてください、奥さん」とふたりのあいだに割って入る。伊豆倉も市松の盾《たて》になるようにその前に立つ。

「今日のところは、どうかお引き取りください」

涙ぐむ久保門の妻を刺激しないよう、努めて穏やかにした声で告げ、向井に玄関まで送るように頼む。

久保門の妻はただうなだれ、向井の案内に大人しく従った。だから、この騒動はこれで治まったものだと胸を撫で下ろし、フロアへ引き返しかけたとき、「きゃっ」と向井の悲鳴がした。

振り向くと、久保門の妻が刃物を振りかざして戻ってきた。その後ろで、向井が倒れている。

「人の人生、何だと思ってるのよっ。子供が生まれたばかりなのに、どうしてくれるのよっ」

勢いよく突き出された刃先は、市松には届かなかった。

けれども、市松を庇《かば》って前に出た伊豆倉の腹部に刺さった。

「――っ」

伊豆倉が顔をゆがめ、かすかに呻きを落とす。

「あ……」

人を刺した感触で我に返ったのか、久保門の妻が呆然と後ずさる。

「――課長！」

「伊豆倉君っ」

反射的に叫んだ幸野も市松も、突然のことに驚きすぎて咄嗟に身体が動かなかった。代わりに、普段とは別人のような猛烈な勢いでフロアから飛び出してきた奈良坂が、久保門の妻を取り押さえ、怒声を上げた。

「救急車だ、早く！　警察も！」


病院からの連絡によると、伊豆倉は軽傷で、向井は突き飛ばされて脳震盪《のうしんとう》を起こしていたらしいが、ふたりとも命に別状はないという。ただ、大事を取って向井は一晩、伊豆倉は三日ほど入院することになった。

伊豆倉のもとへ駆けつけたい気持ちをどうにか抑え、幸野はこの騒動の事後処理と関係各所への対応に奔走した。

ようやく一段落した深夜、マンションへ二日ぶりに戻り、ハリオの世話をしていると伊豆倉から電話が掛かってきた。

『こんな時間にすみません。でも、心配させているんじゃないかと思って』

そう言って笑った伊豆倉の声はしっかりしていて、胸に安堵の気持ちが満ちた。

「ええ、とても……。面会できる時間なら、すぐに駆けつけたいです」

『私はまったく大丈夫ですよ。本当にちょっとしたかすり傷で、入院なんて大げさなくらいですから』

「でも……、傷、痛むでしょう？」

たいしたことはありません、伊豆倉は笑う。

「――あ。着替え、必要ですよね。明日の朝、持って行きましょうか?」

『大丈夫です。実家のほうへも連絡が行って、そういうことは母がしてくれるので』

「そうですか……。じゃあ、しっかり休まれてください」

『ええ、そうします。だから、幸野さんも私の心配なんてしていないで、ご自分の仕事を優先してください。私との時間は、この先、いくらでもあるんですから』

プロポーズの返事はまだしていないけれど、その答えがわかっているような口ぶりに、目もとがじんわりと熱を帯びた。

今、伝えようかと思い、けれどもやはり顔を見て言いたくてやめた。

「課長。帰られる日を待っていますので」

『ええ。ハリオのこと、よろしく』

電話を切り、幸野はハリオを撫でながらプロポーズの返事の言葉を考えた。

ハリオが甘えるように身体をすり寄せてきて、ごろごろと喉を鳴らす。

息をつく暇もないほど大変なことが続いて身体は疲労していたけれど、胸は幸せな気持ちでいっぱいだった。

翌朝、退院した向井は、午前中は休んだものの、昼休み前に元気な顔で登庁してきた。

そして、奈良坂や幸野を前にして、少し興奮気味に報告した。

「退院する前に伊豆倉課長のお見舞いに行ったら、婚約者の人がいたんですけど、もうすっごい美人だったんです！」

「婚約者？　ボンボンキャリアにそんなものがいるなんて、聞いたことないぞ」

反射的に幸野が思ったことを、奈良坂が怪訝そうに口に出した。

「はっきりそう紹介されたのか？」

「されてません。見かけただけです」

「じゃあ、家族の誰かじゃねえのか？」

「いえ、あれは違いますね。絶対に婚約者ですよ。課長のお母様も一緒にいらしていましたし、おふたりの空気感が実の母娘とは絶対に違いましたもん」

普通、同性愛者は異性とは婚約しない。ただ、伊豆倉の家は普通の家ではない。家の事情で、婚約者を持たざるを得なくなる状況に陥ることもあるかもしれない。だが、もしそんなことになっていれば、伊豆倉がそれを自分に隠すはずはない。

向井はやけに自信たっぷりだったけれど、幸野は伊豆倉を信じている。

だから、特に気にもせず、昼休みになってすぐ病院へ足を運んだ。仕事を優先するように言われたが、どうしても一度は見舞っておきたかったのだ。

「伊豆倉さんのお部屋は、この廊下の奥の五〇五号室です。でも、今日の午後、退院されますよ」

ナースステーションで伊豆倉の病室を尋ねると、そう教えられた。

「少し前にご家族の方がお見えになってその準備をされてますし、もうそろそろお部屋を出られるんじゃないかしら。お声を掛けられるんでしたら、急がれたほうがいいですよ」

少し迷って、幸野はこのまま帰ることにした。

元々、見舞いは必要ないと言われていた。伊豆倉の顔を見たかったけれど、家族が一緒ならば顔を出さないほうがいいと思ったのだ。

国際政策課の部下ならともかく、まったく違う部署の人間が見舞いに行けば変に思われるかもしれない。

看護師に礼を言って、踵を返した直後だった。

「ねえ、ねえ。伊豆倉さんのあのご家族って、妹さん？」

「ううん。私もそう思って訊いてみたら、婚約者だって」

背後のナースステーションから、そんな会話が聞こえてきた。

交わされた言葉を捕らえた耳の奥が、すうっと冷えていった。

気がつくと、幸野は方向転換し、伊豆倉の病室へ向かっていた。行ってどうするつもりなのか、自分でもわからなかったけれど、勝手に動く脚がとまらなかった。

五〇五号室は個室らしく、退室の準備中だからか、扉が半分以上開いていた。

その隙間から、ネクタイを締めたベスト姿の伊豆倉と髪の長い若い女性が立って向き合っているのが見えた。

「もういい加減に諦めたらどうだ、規子《のりこ》。愛情のない結婚をしても、お互いに不幸になるだけだ」

「今はね。でも、今、愛はなくても、結婚して夫婦になって、一緒に暮らしていたら、夫婦としての情が生まれるかもしれないでしょう?」

長い髪ごと首を振り、女性は仰のいて伊豆倉をまっすぐに見た。

「それに、表舞台で夫を支えられない身体の人に、政治家の妻なんて無理よ!」

「品のないことを言うんじゃない」

語調を激しくした女性を、伊豆倉が窘める。

「だって、好きなんだもん! なりふりなんて構っていられないくらい、好きなんだもん!」

女性が張り上げた泣きそうな声が、幸野の鼓膜を打った。

「いい奥さんになれるように、ずっと努力してきたのに! 私のほうがずっと前から好きだったのに、どうして私じゃ駄目なの!」

「規子……」

泣きだした女性の肩を抱き、何か慰めの言葉を囁いている伊豆倉から顔を背け、幸野は廊下

を引き返した。

病院を飛び出し、庁舎へ戻る道をとぼとぼと歩いた。

冷たい海風に吹かれながら、幸野はぼんやり考えた。

伊豆倉に好きだと声を張り上げていたあの女性は、向井の推測通り、婚約者だった。

ふたりの会話から察するに、伊豆倉は家族に自身の性癖を打ち明け、婚約の破棄《はき》を申し出たのだろう。だが、あの女性は看護師には婚約者だと告げたそうだし、昨日の向井の話では母親と伊豆倉の世話をしていたらしいので、伊豆倉のカミングアウトは認められなかったということのようだ。

最近の実家との行き来は、そのことが原因に違いない。

おそらく伊豆倉は、仕事を離れると頼りなくなる幸野によけいな心労をかけまいとして、すべてを解決してから話すつもりなのだろう。

三月を過ぎたとは言え、春の気配が少しもしない風の中を、幸野は黙々と歩いた。

伊豆倉はいずれ父親の後を継いで政治家になる身だ。政治家としての伊豆倉を支えることは、自分にはできない。男妻では当然、表には立てないし、奨学金を返済しなければならないので仕事も辞められない。あの女性が言っていた通り、どう考えても自分には政治家の妻は無理だ。

それに、内本がそうしたように、男同士である自分と伊豆倉の関係は脅迫のネタにもなる。

そうした何もかもを承知の上で、伊豆倉は自分を選んでくれたのだろう。

嬉しい。——嬉しいけれど、胸がどうしようもなく痛んで、幸野は項垂《うなだ》れた。

伊豆倉にそうさせる価値が自分にあるのか、自信がない。

それにそもそも、そうさせることは正しいことなのだろうか。

伊豆倉の家族も、支援者たちも、きっと「同性の妻」など受け入れてはくれないだろう。それでも、自分たちの感情を優先して無理を通そうとすれば、伊豆倉を孤立させ、不幸にさせるだけではないだろうか。

そんな不安を否定しようとしてみたけれど、どれだけ考えてみても、自分と伊豆倉の幸せな未来は描けなかった。

幸野は、伊豆倉が好きだ。好きだからこそ、伊豆倉の幸せを願うし、自分のせいでその将来を潰してしまうのは避けたいと思わずにはいられない。

伊豆倉には、伊豆倉のことをあんなにも想う女性がいる。彼女は、自分よりも伊豆倉を幸せにできるはずだ。

だから、幸野は決めた。

伊豆倉との別れを。

それを嫌だと拒んで悲鳴を上げる心が、痛くてたまらなかった。

父がいなくなったとき。母がいなくなったとき。貧しくて、同級生たちが普通に手にできるものが、自分にはそうできなかったとき。今まで辛いことはたくさん経験してきたけれど、それらは天から降ってくる災難で、甘受するしかないものだった。

だが、今回は違う。気づかないふりをすれば、避けられる。

目の前の伊豆倉以外は何も見ず、自分の幸せだけを求めていれば、知らずにすむ辛さだ。

伊豆倉との別れを拒む恋心が何度もそう囁いたけれど、もう決意は翻《ひるがえ》らなかった。


無事に退院した伊豆倉からプロポーズの返事を求められそうになるたび、幸野はキスやセックスを誘ってごまかした。

自分も伊豆倉も交歓の快感に溺れきっていたので、答えの言葉が飛んでしまっても怪しまれることはなかった。

成功するたびほっと安心し、そして胸が軋《きし》んだ。覚悟していたよりもずっと強く。

軋みがあまりに深くなると、耐えられなくなっていたかもしれない。だが、姉妹都市提携の調印式がおこなわれるラユネン市への訪問団に急遽、伊豆倉が市松の意向で加わったことで、傷んだ心を休める時間ができた。

そうして三月も末になり、伊豆倉が東京へ戻る日が迫ってきた。荷造りを始めた伊豆倉に改めてこれからの話を持ち出され、幸野は今が口を開くときだと覚悟を決めた。

伊豆倉は清廉《せいれん》で優しい。何度も窮地を救ってもらった負い目のために無理をしてつき合っていたふりをすれば、きっと自分を手放すはずだ。

そう考え、用意していた言葉で、伊豆倉のプロポーズへの返事をした。

「課長。私は約束通り、この三ヵ月間、現地妻を務めました。私はゲイではありませんので、ここまでが精一杯です」

自分もゲイだと打ち明ける機会がなかったことを幸運に思いながら、幸野は言った。

「……幸野さん？」

「これ以上のことを断ったら、課長も私を脅迫しますか？」

幸野は淡々と「雪の女王」を演じた。

感情を殺すのは得意なはずなのに、冷淡さを装えば装うほど、今まで感じたことのない痛みが胸を襲った。

辛くてたまらず、つい甘えた願望が生まれてしまった。

本心に気づいてほしい。嘘を見破って、引き留めてほしい、と。

だが、そんな都合のいいことは起こるはずもなかった。

「いいえ。脅したりはしません。私は、そんなことはしません」

そう答えた伊豆倉の顔は、色を失っていた。

それが、怒りによるものなのか、失望によるものなのかはわからなかった。けれども、三ヵ月も一緒に暮らしておきながら、自身の為人《ひととなり》を少しも理解していない言葉にさすがに愛想を尽かしたようだということはわかった。

幸野が「では、もう解放してください」と頼むと、伊豆倉は紳士的な態度を崩さないまま、あっさりと承諾《しょうだく》した。

「わかりました。少し早いですが、今晩で契約は終了ということにしましょう。お疲れさまでした」

「……はい」

それが、伊豆倉と交わした最後の言葉となった。

その夜のうちに、幸野は自分のアパートに戻った。

以降、伊豆倉から連絡が来ることはなく、幸野がすることももちろんなく、夫婦ごっこは終わった。


明日の会議の配付資料を用意していた柴原がふと「あれ、主査」と声を上げた。

「明日、市長が会われる湘南《しょうなん》大学の学長さん、名字の漢字、こっちでしたっけ？」

問われ、幸野はパソコンのファイルを開き、自分が作成して柴原に渡した元データを確認した。「冴木《さえき》」が「佐伯《さえき》」になっている。

「……いや。冴える木、に直しておいてくれ」

「了解っす」

柴原はまるで気にしていないが、幸野は自分が情けなくて、そっと細く息をついた。

胸が苦しくて、ネクタイを少しゆるめながら窓の外を見やる。

満開だった桜はとうに散り、街路樹には新しい緑が芽吹いている。

酒気帯び運転と公務執行妨害《ぼうがい》などの併合罪《へいごうざい》で起訴《きそ》された久保門には一年の実刑判決が下ったが、久保門の妻は育児ノイローゼによる一時的な心神耗弱《こうじゃく》が認められ不起訴処分となった。今は子供を連れて地方の実家に戻り、久保門の出所を待っているそうだ。

街は確実に季節を変え、人々も異動や転居によって迎えた新たな生活に慣れはじめているけれど、幸野の心は春の手前でとまったままだ。

自分で別れを選んだくせに、伊豆倉と過ごした日々が頭から離れないのだ。

自分のペニスを「乙女百合」と称えた声。朝晩、必ずほどこされたおかしなキス。

母親が作ってくれたそれとよく似た、味噌汁風・野菜のごった煮。盛り上がった黄身がぴかぴか輝いて、食べると元気が出た目玉焼き。

お椀《わん》に嵌まったり、ハムスターみたいに回し車で回ったり、猫のようにごろごろと喉を鳴らす愛らしいハリネズミ。

初めての恋と、それがもたらしてくれていた幸せを失った喪失感は、あまりに大きかった。

アパートに戻った翌週、週刊誌に伊豆倉の弟のことが載っていた。正確には、その記事の主役は伊豆倉の弟と婚約した女優だった。若手の中では一、二を争う人気らしいが、元々身体が弱かったとかで、その女優は婚約を機に芸能界を引退するらしい。

相手が人気女優だったからということもあるだろうが、記事の中では伊豆倉家のことが大々的に取り上げられていた。いずれ父親の跡を継ぐだろう伊豆倉のことにも触れられていて、政治家としての能力は未知数だが、その美貌と若さは間違いなくカリスマ的人気を生むだろうと書かれていた。

弟の婚約の記事なのに、伊豆倉のことはかなり大きく扱われていた。もし同性愛者だということが知られれば、相当な騒ぎになるだろう。政治家生命を左右するかもしれない。

別れを選んだ選択は正しかった。――そう思おうとしたが、未練ばかりが胸に湧いた。

鬱々とした気持ちが日々深まるばかりで、仕事には影響させないように意識しているつもりでも、小さなミスを繰り返してしまう。

「幸野。ちょっと、来てくれ」

プリンターの前に立っていた奈良坂が印刷された紙を持ち、ふいに幸野を手招きする。

ネクタイを締め直し、奈良坂のあとについてフロアを出ると、着いた先は資料室だった。

「お前なら気づくだろうと思って黙ってたが、お前の作ったスケジュールじゃ、明日市長は湘南大学の学長とここの会議室で面談しながら、後半の三十分は分身の術を使って、テレビの取材を受けることになってるぞ」

奈良坂が手にしていた紙は、市松のスケジュールだった。

それを見せられ、幸野は血の気が引くのを感じた。

「……あ」

一昨日、テレビ局側から日時の変更依頼の電話を受けたのに、すっかり忘れていた。早く調整をしなければ――。慌ててデスクへ戻ろうとした幸野を、奈良坂が「待て、待て」と引き留める。

「予定が重なったままなら、さすがに柴原でも気づくだろ。とっくに、俺が修正しておいた」

「……ありがとうございます。助かりました」

下半身から力が抜けていくのを感じながら、幸野は深く頭を下げる。

「俺が言うのも何だが、お前、最近腑《ふぬ》抜けだな」

言って、奈良坂が壁にもたれる。

「すみません……」

「あのボンボンキャリアと別れたせいか？」

「――え？」

驚きすぎて、伊豆倉との関係性を否定するより先に「どうして」と肯定の問いをぽろりとこぼしてしまった。

「いつだったか、柴原が昼休みにハンコ、ハンコってうるさかった日、ここでサボってたら、お前らが入ってきていちゃつきはじめたからな」

激しいものではなかったとは言え、キスシーンを目撃されていた恥ずかしさで深く赤面した幸野を見据え、奈良坂が片眉を上げて質問を続ける。

「で、あいつに捨てられたのか?」

「……捨てられたわけではありません」

話していいことなのかは、わからなかった。

だが、胸に溜まったまま濁ってゆく気持ちが辛くて、幸野はすべてを吐き出した。

一度舌に載せるととまらなくなった想いを、嫌な顔をせず聞いてくれたあと、奈良坂は「お前は馬鹿のマゾか」と鼻筋に皺を寄せた。

「……馬鹿かもしれませんが、マゾではありません」

「いいや。好き合ってるのに別れて、しかも仕事に身が入らなくなるほどうじうじ凹《へこ》んでるなんて、マゾとしか思えん」

「……伊豆倉課長は、婚約者がいることを俺に言ってくれなかったんです。それで、その理由を色々考えたら……、別れるべきだと思ったんです」

——だけど。

こんなにどうしようもなく辛くなるくらいなら、伊豆倉から別れを切り出されるまで一緒にいればよかったのかもしれない。

辛くても耐えられるだけの幸せな思い出を、もっとたくさん作っておくべきだった。

今更しても意味のない後悔が胸に広がり、幸野は小さく苦笑いを落とす。

「辛くて仕方がないって顔だな」

「……はい」

「辛けりゃ、やり直しゃいいだろ」

呆れたように鼻を鳴らされ、「無理です」と幸野は首を振る。

「自分が振られたのなら、どんなにみっともなくても縋りに行ったと思います。だけど、あんな酷い言葉を口にして、今更合わせる顔がありません」

「あいつのためを想ってのことだったんだろ?」

「……それでも、課長の気持ちを踏みにじってしまったんですから、もう無理です」

力なく告げて項垂れかけた幸野の鼻先を、奈良坂が強く弾いた。

「俺が、嫁と子供と最後にしたことは、次の休みにどこへ行くかを巡っての大喧嘩だった。あれが最後だってわかってりゃ、もっとべつのことを言ったのにって、俺は毎日後悔して生きてる。だがな、どれだけ悔やもうが、もうどうにもならん」

お前はそうじゃないだろう、と奈良坂は少し苛立ったふうに声を尖らせた。

「生きてるんなら、やり直しはいくらでもきく。そんな未練たらたらな顔でしょうもないミスを連発するくらいなら、さっさと謝りに行って、逆プロポーズでも何でもしてこい。お前がそんなんじゃ、俺はおちおち腑抜けてられないから、迷惑なんだよ」

やり直してもいいのだろうか。まだ間に合うのだろうか。

迷いはあったが、少し乱暴な、けれどもとても温かい言葉に背を押された。

「——はい」

奈良坂に感謝しながら、幸野は頷く。

よし、と奈良坂も頷く。

「ああ、それからな。この前、市長のお供で霞が関へ出たとき、可愛い部下をポイ捨てしたキャリアに文句のひとつでも言ってやろうと思って総務省へ寄り道したら、あいつ、今出張中だってさ」

帰ってくるのは、来週の土曜だという。

その日に会いに行こうと幸野は決めた。

自分で壊してしまった信頼関係は元には戻らないかもしれないけれど、どうしてももう一度会いたかった。会って、ずっと隠したままだった本当の気持ちを伝えたかった。

伊豆倉が出張から戻ってくる前日の金曜、幸野はそわそわと帰宅して、頭の中で明日の段取りのシミュレーションをした。

自分から知るのを避けたので、幸野は伊豆倉の東京の家を知らない。とりあえず、まずは都内へ出てからスマートフォンに電話をしてみようと思っていると、玄関がノックされた。

こんな時間に誰だろう。何かの勧誘だろうか。訝《いぶか》りつつ玄関を開け、幸野は驚いた。

そこには、伊豆倉が立っていた。紺のスリーピーススーツを纏う姿は相変わらず優美で、最後に会ったときよりも少し伸びた髪が男の色気を増幅《ぞうふく》させていた。

「ご無沙汰しています、幸野さん」

「――課長」

驚きと、会いたくてたまらなかった男に思いがけず会えた喜びが混ざり合って弾け、発した声が少し詰まった。

「もう、課長ではありません。キャリアだらけの本省に戻ったので、補佐に格下げです」

肩をすくめて言った伊豆倉の口調は、やわらかかった。

「……あの、実は明日、伺おうと思っていました。奈良坂課長に、課長――伊豆倉さんは出張中で、お帰りは明日だと聞いたので」

「帰りが一日早まったんです。……幸野さんはどうして、私のところに?」

「どうしても、お話ししたいことがあるんです」

「私もあります」

玄関に立ったまま、伊豆倉が静かに返す。

「夫婦ごっこが終わった日……、あの場で何かを言い返せば、激情に駆られてあなたに酷いことをしてしまいそうだったので、少し頭を冷やしてから、話し合うつもりでした。もっと早くお会いしたかったんですが、引き継ぎがトラブル続きだったり、急な出張が入ったりで、今日になってしまいました」

「そ、そう、でしたか……」

「私は、どうしてもあなたを手に入れたくて、最初はいくつか嘘をついて近づきました。でも、心から大切にしたつもりですし、途中からはあなたも心を開いてくれたと感じていました。それは、勘違いでしたか？」

靴を脱いで台所へ上がり、伊豆倉は肌に刺さるような真剣な目を幸野に向けて問いを重ねた。

「私は、あなたに無理強いをしていましたか？」

「――違います」

幸野は強く首を振る。

そして、あんなことを言ってしまった理由を話した。

今度こそ何も隠さず、心の中の気持ちをすべて。

「私も、伊豆倉さんが好きです。好きになってはならない人だと思いながら、でも好きになってしまいました。だから……、だから、です。私は政治家の妻にはなれませんから」

声を振り絞《しぼ》って告げると、伊豆倉が「幸野さん」と微笑んで間合いを詰めた。

「私は政界には入りませんから、あなたも政治家の妻になる必要はないですよ」

耳もとでやわらかな声音が響き、耳朶《じだ》をそっと掌で押し撫でられる。

「でも、皆、そう噂していて……、この前、週刊誌でもそう書いてありました」

「噂はあくまで噂でしかありませんし、あんな三流週刊誌の記事に真実はほとんどありません」

「……え？」

「父の跡を継ぐのは、弟です」

「弟さんが？」

「ええ。夫婦ごっこを始める際、私は幸野さんに、よきパートナーになれない欠点を探してほしいとお願いしましたよね？　あの話は、半分本当で半分嘘なんです」

伊豆倉に同棲をしていた恋人がいて、その別れ際に「恋人には不自由しなくても、生涯のパートナーを得られない」と言われたのは本当のことだという。

けれども、伊豆倉はその理由をちゃんと聞いていたのだそうだ。

「彼とつき合っていた頃の私はまだ二十代で、ゲイだということも、政治家の跡取りだということも曖昧にしたままで生きていました。私には子供の頃に決められた婚約者がいたんですが、相手の家のほうからその女性が密かにつき合っていた恋人の子供を妊娠したので婚約を破棄してほしいと懇願されるラッキーがあったりで、学生の延長線上にいるような気楽さから抜け切れていなかったんです」

伊豆倉は肩をすくめ、淡く苦笑いをする。

「でも、彼との別れで、自分自身に真面目に向き合う時期が来たのだと悟り、私は家族にカミングアウトしました」

伊豆倉の家族は受け入れてくれ、父親の後を継ぐのは弟になったそうだ。

二年以上前の話だという。

「弟は昔から私がゲイだと勘づいていましたら、元々その覚悟をしてくれていたようです」

「……もしかして、ハリオを引き取ることで返した恩って、そのことですか？」

ええ、と伊豆倉は頷く。

「あの、じゃあ……、病室で泣いていたあの女性は……？」

「彼女は従妹《いとこ》で、生まれたときから弟の婚約者だったんです」

そう答え、伊豆倉は「あのとき、立ち聞きしてたんですね」と笑った。

ばつの悪さを抱えつつ、幸野は「すみません」と詫びる。

「弟は彼女を、妹のような意味では愛していましたが、結婚相手にはべつの女性を選んだんです」

「病弱で引退する女優さん、ですか？」

「そうです」

三流週刊誌の記事でも、そちらは真実だったらしい。病室で聞いた「表舞台で夫を支えられない身体」とは、伊豆倉の弟と婚約した女優のことだったようだ。

「そうそう。ハリオと言えば、引っ越し先が気に入らないようで、ずっと機嫌が悪いんです。生まれてから一番長く住んでいたあの家に戻りたいんでしょうね」

伊豆倉が出張中、ハリオの世話をしていた従妹が撮ったという動画を見せられる。

ハリオは確かに、ブシュッ、ブシュッと不機嫌そうな声を散らしていた。

伊豆倉は従妹の傷心を、丸くてむっちりしたハリオの愛らしさで癒してやりたいつもりもあって世話を頼んだらしい。しかし、ハリオは始終、針をぴんぴんに立たせて、従妹を困らせていたようだ。

「あなたの匂いがしないことも、不機嫌の原因かもしれませんね」

言って、伊豆倉は幸野を甘く見つめる。

「幸野さん。私も、あなたがいなくて、毎日泣きたいくらい辛かったんです。これ以上は耐えられそうにありません。私の幸せは、あなたと一緒に食べて、寝て、笑い合い、ハリオを可愛がる日々にしかありません」

「……私も、ハリオに会いたいです。ハリオと……、伊豆倉さんと、ずっと一緒にいたいです」

「そこはハリオより先に、私の名前を言ってほしかったです」

少し不満げに、伊豆倉は美しい目を眇めた。

「佐保浜は余裕の通勤圏内なので、あなたが私と結婚してくれるのなら、明日にでもあのマンションに戻ってくるつもりです。契約はしたままなので」

戻ってきてもいいですか、と甘い声音で問われる。

「……お願い、します」

嬉しくて、喉に詰まる声で幸野は返す。

「では、改めて。私の妻になっていただけますか、幸野さん」

はい、と幸野は頷く。

「愛してます、幸野さん」

「……私も、愛して、います」

初めて口にする言葉が照れくさくて、でも、嬉しくて、幸野は笑う。

「そう言っていただけて、よかったですが」

満足げに言ったあと、伊豆倉は「ちなみに」と続けた。

「愛には色んな形がありますが、一方的に自分が犠牲になればいいと思うのは夫婦の愛じゃありません。夫婦の愛は、互いを思いやってこそ、生まれるものですよ」

自分のほうが年上なのに、自然と叱られ、諭されていることをおかしく思いながら、幸野は「すみません」と詫びる。

「本当にそう思っていますか?」

「ええ、思っています」

真剣に頷くと、伊豆倉が「では」とあでやかに笑んだ。

「この失敗を繰り返さないように、お仕置きをさせてください」


寝室で剝ぎ取られるように着ていた服を奪われたあと、自らも服を素早く脱ぎ捨てた伊豆倉にベッドの上へ押し倒された。

伊豆倉に臀部《でんぶ》を向けて這《は》う姿勢を取らされる。上半身は落とし、腰は高く上げるように指示された。戸惑いながらも従うと、鷲摑みにされた双丘を左右に広げられた。

「ふ、う……っ」

強制的に剝き出しにされた秘所に外気を感じ、喉を震わせた直後、肉環をいきなり舌でぬるりと突き刺された。

「——あっ!」

声を高く散らしそうになり、幸野は慌てて口に手を押し当てた。

ぬりっ、ぬりっと前後に力強く動く舌に肉筒を舐め啜られ、粘膜が濡れて蕩けてゆく感覚に幸野は腰を振りながら、懸命に声を嚙み殺す。

「どうして、声を聞かせてくれないんですか？」

そこから顔を離した伊豆倉が、ひくつく窄《すぼ》まりを指で押して問う。

充血して潤《うる》み、膨れた肉襞のふちをゆるゆるとした指遣いで撫でられ、目眩がした。

「……あ、は……っ。だ、だって、ここ、壁が……薄い……」

ので、と続けようとした寸前、甘美な愛撫にほころんでいた窪みの表面に、ぬめりを纏った凄まじい熱を感じた。

先走りをしとどに滴らせている怒張を宛《あて》がわれたのだとわかり、幸野は息を弾ませた。

「そんなこと、気にしなくてもいいでしょう？　あなたはすぐに、私のところへ越してくるんですから」

どこか獣めいた声で笑って、伊豆倉は腰を浅く突き出す。

「——あ！」

丸々と太い亀頭《きとう》の先端が、ずぶんと幸野の中に埋まる。

伊豆倉は、どっしりと張り出した亀頭で浅い部分の肉をぐっぐっと軽く擦っては、すぐに切っ先を引き出すことを繰り返し、幸野を乱した。

「あっ、あっ……。伊豆倉、さん……っ。そ、れ……、や、ぁ……」

入り口の襞だけが鋭く突かれ、伊豆倉の形に引き伸ばされては捲《まく》られる。中途半端な刺激が切なくて、幸野ははしたなく腰を振り立てた。

もっと強い快感を待ち望む肉筒の奥がぞろぞろと淫《みだ》らに波打ち、たまらない。

「何が嫌なんですか、幸野さん」

「あ、あ、あ……。もっ、もう……っ」

「もう、何ですか？　ちゃんと言っていただかないと、わかりません」

「……い、挿《い》れて、ほしい、です……」

「まだ、駄目です。すぐにあなたを気持ちよくしたら、お仕置きにならないでしょう？」

恥ずかしさをこらえて求めたのに、伊豆倉は腰を進めようとはしない。

浅く埋めた亀頭のふちで肉襞を内側からめくり上げたり、また中へ巻きこんだりしながら、幸野をただもどかしく煩悶《はんもん》させる。

「あ、あ……、あぁん」

劣情の炎で腰をじわじわと灼き焦がされているようで、切なさが膨れあがる。

これがお仕置きだからというより、伊豆倉は元々ベッドの中では紳士とは別の生き物に変貌《へんぼう》する質《たち》なのかもしれない。初めて抱かれた夜、甘さと獣性が溶け合った意地の悪さに翻弄《ほんろう》されたことを思い出しながら、幸野は喘いだ。

「あ、あ、あ……っ」

もうどうしようもなくて、肉環をめくり上げる甘美な衝撃を感じた瞬間、幸野は腰を後ろへ突き出した。

ぐしゅうっと熟《う》れた果実がつぶれる水音が響き、熱い楔《くさび》が幸野の中へ沈みこむ。

「ひううぅっ」

自ら一気にすべてを呑みこんだ太い肉の剣先で隘路《あいろ》を深く突かれた瞬間、腰の奥で尖った歓喜が大きく響いたのを感じた。

ペニスが根元からくねり躍り、痙攣《けいれん》した秘唇から白い蜜が迸《ほとばし》った。

「――ああぁ！」

「自分ではしたなく呑みこんで、射精してしまうなんて、いけない花嫁ですね。お仕置きをされている最中なのに、その自覚が足りないんじゃないですか？」

シーツの上に白濁を撒き散らしながら、我知らず振り立てていた腰の両脇を強く摑まれたかと思うと、そのままずりりりっと怒張を引き抜かれてしまった。

「ああっ」

つい先ほどとは逆方向に荒々しく粘膜をえぐられ、収斂《しゅうれん》していた肉筒の中でさらなる快感が生じた。精液が細く漏れ出てきた瞬間、硬くて長い怒張を再びぐぬうっと押しこまれた。

「ひうぅっ！」

隘路を容赦なく掻き分けて沈みこんできた熱塊《ねっかい》の先で、奥深い場所へどすりと重い一撃を送られたかと思うと、速い抽挿《ちゅうそう》が始まった。

極まりながら狭まろうとする隘路の激しい収縮を、凄まじい勢いで跳ね返される。男の唾液と先走りを吸ってぬかるむ媚肉《びにく》をじゅぽんじゅぽんと猛々しく掘りえぐられ、かき回されて、尖りきった快感に脳髄が梳られていくようだった。

「――い、いやぁっ。い、ま、だめ……っ。いってるから、抜いてっ」

「それじゃ、お仕置きにならないでしょう?」

伊豆倉は獣の笑みを優美に滴らせ、腰を雄々しく律動させた。

「ひっ、あ、あ、あ……!」

熱をはらんだ内壁を射精の最中に突き擦られるせいで、秘唇からは色の薄くなった白い蜜がいつまでもだらだらと漏れ続けていた。

「うっ、う、う……っ」

伊豆倉の見せる、ねっとりとした意地の悪さに幸野は目眩を覚えた。同時に、こんなふうに躊躇なく愛されることに深い幸せを感じた。

「今日は、すごく締まりますね、幸野さん。中がきつくうねっていて、すりつぶされそうです」

強烈な愉悦に波打つ肉筒をごりんっごりんっと擦り、串刺しにしながら、速い出入りを繰り返す怒張が、その容積をあからさまに増してゆく。

「――あっ。お、奥、へ……、伸びて、る……っ」

「ええ。あなたが、私をこんなふうにしているんですよ」

これまでの交歓よりもずっと強い快感に浮かされ、いつもより激しく伊豆倉を締めつけているのが自分でもはっきりとわかった。体内で容積をみっしりと増し、鎌首を擡《もた》げる蛇のようにその形を凶悪なものに変えてずるるるるっと伸び上がってきたそれが、幸野の奥で弾けた。

「――あああぁっ」

肉を叩く音が聞こえそうな勢いで、伊豆倉が精液を噴出させた。

「あ、あ、あ、ぁ……」

「――っ」

伊豆倉は低く唸って、密着させた腰をゆっくりと押し回す。そして、幸野の中に精を吐ききると、再びすぐに動き出す。

射精をしても、その太さと硬さを少しも変えない長大なペニスが、幸野をずんっ、ずんっと獰猛に突き上げ続ける。

「ひうっ、う、う、ぅ……っ」

絶え間なく与えられる悦楽が、深い酩酊《めいてい》を誘う。

ひっきりなしに掘り穿かれ、穿《うが》たれる媚肉が、どろどろに蕩けてゆく。

自分の体内で放たれた精液が攪拌《かくはん》されてぐちぐちと泡立ち、結合部から細く漏れて肌の上をすべってゆくのを幸野は感じた。どうしようもなく気持ちがいい。意地悪で、野性的な伊豆倉の責めに思考回路が麻痺《まひ》し、もう何も考えれなくなる。

「ああぁっ、あっ、あっ……!」

幸野は空を蹴り、あられもない嬌声を高く散らした。

蕩けきった隘路を串刺しにされ、内奥《ないおう》に苛烈な突きを埋めこまれるたび、そこへ、ぐちゅんっ、ぐちゅんっと淫猥な肉の口づけを受けているような気分になる。

脳裏で快感の火花が弾け、深い狂喜のさざ波が全身へ広がっていく。

「あああぁ！」

足先をきつく丸め、くねり躍らせた腰の奥で溜まっていた熱が滾《たぎ》るのを感じた瞬間だった。

弾けるように大きくしなり揺れたペニスから、透明な淫液が飛び散った。

「――ひ、ぁっ。う……、うそ……っ」

ぷしゃあぁと高く響いた、あまりに恥ずかしい水音が、愉悦の波によってどこかへ押し流されていた理性を引き戻した。感極まって粗相をしてしまったのかと慌て、顔を引き攣らせた幸野に、伊豆倉が「素敵な潮吹きでした」と微笑んだ。

「し、お……？」

「ええ。春になる前は、何も知らない雪のようにまっさらな身体だったのに、潮を噴くなんてずいぶんはしたなくなりましたね」

あでやかな笑みをしたたらせながら揶揄われ、目もとに朱が散る。

ベッドの中ではどうにも意地が悪くなるらしい伊豆倉に、幸野は涙目を向けた。

「――こ、こうしたのは、伊豆倉さんなのに……っ」

「ええ、そうですね」

伊豆倉は笑って、幸野の首筋に唇を押し当てた。

繋がったまま身体を反転させられ、向き合う伊豆倉の脚の上に座る格好になる。結合部の隙間から垂れてくる泡の感触がくすぐったくて、萎えたペニスがまた歓喜の雫をこぼした。

そのさまを眺めやり、伊豆倉が嬉しげに双眸を細める。

「無垢だった雪の女王をこんなふうにしたのは、私です」

ですから、と伊豆倉は幸野をまっすぐに見つめて言った。

「責任を取らせてください」

「どうやって、ですか?」

「あなたの伴侶として、あなたを一生、誰よりも何よりも大切にさせてください」

甘やかなその求愛の言葉に「はい」と返事をして、口づけを交わした。

背をきつく抱かれ、幸野はうっとりと逞しい肩に顔を埋めた。胸の中で、幸福感が息苦しいほど大きく膨らんでゆくのを感じながら。

一緒に住む家について、伊豆倉と話し合った。

『佐保浜は余裕で通勤圏内ですから』

伊豆倉はそう繰り返し、佐保浜のマンションに戻ってくる気満々だったけれど、幸野にとっても都内はもちろん通勤圏内だ。伊豆倉は職場だけではなく、生活のあらゆる基盤が生まれ育った都内にある。一方、幸野は、佐保浜には職場しかない。実家は父親が亡くなったときに手放していたし、地元の友人も特にいない。妹の奏はパティシエールになって以来、勤務先の店がある北千住《きたせんじゅ》に住んでいる。

それに、ハリオの不機嫌が「新しい住処が気に入らない」という意思表示なのか、環境が変化したことへの不慣れが原因なのかはわからなかったので、幸野は自分が東京へ移ってもいいと思っていた。

しかし、検討を重ねた結果、結局、あの海の見えるマンションに戻ることにした。第一はハリオのためだったが、伊豆倉が「あそこなら、今からでもすぐに一緒に住めますから」と同居を急いだことも理由のひとつだ。

再会してから、伊豆倉はことあるごとに「早く一緒に住みたいです。夜、灯りのついていない家に帰るのは寂しいので」と繰り返した。何だか甘えられているようなその要求が、くすぐったくて嬉しかった。

意外にも、伊豆倉には寂しがり屋の一面もあるようだ。

幸野はGWのあいだに引っ越しの準備をし、最終日の昼前にアパートを引き払った。

その日は朝から気持ちのいい陽光が降りそそぐ晴天で、ぐっと濃くなった初夏の香りが海沿いの街を満たしていた。

元々、持ち物はそれほど多くはなかったし、伊豆倉が夕食の下ごしらえをしながら時々手伝ってくれたので、荷解きは日が落ちる前に終えられた。

明日の朝、業者が回収に来てくれる段ボールを玄関の隅にまとめ、伸びをしながら入ったリビングには香ばしい匂いが濃く漂っていた。

「荷物の整理、終わりましたか?」

奥のキッチンから、伊豆倉の声がする。

「ええ。なので、今度は私が伊豆倉さんのお手伝いをしますよ」

幸野はキッチンをのぞいて言う。

「それは、ありがとうございます。でも、ちょうどできたところです」

流し台の前に立っていた伊豆倉が笑って、エプロンを外す。

「こちらは大丈夫ですから、ハリオと旧交を温めていてください。少し前に起きたので、ベランダに出しています」

「わかりました」

頷いて、幸野は芝生が敷きつめられたベランダへ向かう。

ハリオとはひと月以上、直接触れ合っていない。忘れられたりしていないだろうかと少し心配しつつ、開け放されていた窓の外を見やる。

ハリオは砂場でころんころんと転がって遊んでいた。

「ハリオ」

驚かさないよう、小声でそっと呼ぶ。すると、ハリオが幸野のほうを振り仰ぎ、鼻をふんふんと鳴らした。そして、また楽しそうに砂遊びを始めた。

犬や猫のようにわかりやすい反応は示してくれないけれど、背中の棘《とげ》を立てたり、丸まったりして警戒する様子はないので、ちゃんと幸野のことを覚えていてくれたようだ。

ほっとして、ベランダへ出る。

夕暮れの空と海がほのかに黒ずんだオレンジに染まっていた。

幸野は目を細め、砂場の前に屈みこむ。ハリオも、黒々と濡れたまん丸の目で幸野をじっと見上げてくる。

「ハリオ、お手」

戯《たわむ》れに言って、人差し指の腹を上にして差し出してみると、そこにハリオの足先がちんまりと載った。

小さくてぷよぷよした肉球を感じたのはほんの一瞬だった。ハリオはすぐに砂遊びを再開したので、自分の発したコマンドに従ってくれたのか、単に「何か、これ、じゃま」と眼前の障害物を押しやっただけなのかはわからない。

ただ、自分の存在をハリオが喜んでくれているような気がした。勝手な思いこみかもしれないけれど、幸野は嬉しくなった。

頬をゆるませてハリオを観察していると、伊豆倉がベランダに出てきた。

「ハリオ、ご機嫌でしょう？」

「ですね。だからなのか、さっき、お手っぽいことをしてくれました」

立ち上がって微笑んだ幸野に、伊豆倉も「ここへ戻ってきてから、ハリオは機嫌がいいんです」と笑った。

「やっぱり、この街の空気が恋しかったんでしょうね」

「街の空気、ですか？」

「ええ。ハリオは離乳したあと、弟の手元にいた一瞬を除いて、ずっとここで暮らしていました。言ってみれば、佐保浜の街の匂いを嗅ぎながら育ったわけですから、この匂いがする場所を自分の縄張りだと——安心できる家だと思っているのかもしれません」

「ハリオが感じているこの街の匂いって、どんな匂いなんでしょうね」

「たぶん、佐保浜の海の匂いだと思いますよ」

へえ、と応じてから、幸野は小さく笑う。

「東京も佐保浜も、面しているのは同じ東京湾なのに、匂いが違うなんて不思議ですよね。私には佐保浜の海岸の匂いも、お台場《だいば》の海の匂いも同じに思えますけど」

「それは少し情緒のない発言ですよ」

伊豆倉が双眸をやわらかく細めて言う。

「私はハリオほど嗅覚《きゅうかく》は鋭くありませんが、それでも違いははっきりわかります」

「はっきり、ですか?」

伊豆倉は何だか自信たっぷりだ。

そのさまが少し不思議で、幸野は首を傾げた。

「ええ。佐保浜にはあなたがいますが、お台場にはいません。あなたのいる街といない街とでは、空気の中に感じる愛おしさの密度がまったく違います」

真顔での甘い囁きは嬉しいものではあったけれど、返す言葉に困った。

まさか、と否定するのは、それこそ情緒がない。けれども、かと言って、そのまま受け入れてしまうのも違う気がする。

「……伊豆倉さんって元大名の家柄の生まれなのに、時々、何というか……、すごくイタリア人みたいですよね」

意外に寂しがり屋で、時々イタリア人。ペニスが乙女百合に見える変態紳士。

職場でのつき合いしかなかった頃には知り得なかった一面を、これからももっとたくさん知りたいと幸野は思った。

「そんなことはありません。私はイタリア人とは違って、時間にとても正確ですよ」

冗談めかして笑んだあと、「それより」と伊豆倉がふいに片眉を上げた。

「最近、ずっと思っていましたが、呼び方、もう変えませんか？」

「え？」

「籍のことはまた追々《おいおい》考えるとして、私たちは夫婦でしょう？　なのに、いつまでもお互いに苗字呼びは変ですよ」

確かにその通りだ。

そう思うものの、幸野にとって伴侶の――それ以前に好きな相手の名前を面と向かって呼ぶのは初めての行為なので面映ゆさが勝ってしまう。

「……じゃあ、殿？」

「伊豆倉家の現当主は父ですし、次に家を継ぐのは弟なので、その呼び方は不適切です」

照れ隠しの冗談のつもりだったのに、伊豆倉の抗議は真剣だ。

「強いて言うなら私は『若』でしょうけれど、今、私が求めているのはそういうことではありません」

名前で呼んでください、とその声音をまっすぐに向けられる。

恥ずかしさが消えたわけではない。だが、これ以上はぐらかすのは、伊豆倉が自分にそそいでくれる深い愛情に対して不誠実になる気がした。

幸野はうつむき加減にもじもじと小声で、「貴篤《たかあつ》さん」と呼んだ。

直後、満足そうな響きをはらむ声に「友彰《ともあき》さん」と呼び返される。

「友彰さん」

もう一度呼ばれて顔を上げると、伊豆倉の優しい眸《ひとみ》が幸野を見つめていた。

伊豆倉は幸野を見つめたまま、ジーンズのポケットから小さな光るものを取り出した。そして、幸野の左手を取ると、薬指にそれを嵌めた。

――すっきりとしたデザインがとても上品で優雅なプラチナリングだった。

「ずっと私と一緒にいて、私だけの乙女百合でいてくれますか、友彰さん」

指輪と共に改めて贈られた甘い求愛の言葉が胸の奥へ深く沁みこみ、眦が熱くなった。

どうしようもない嬉しさが膨れ上がって心をいっぱいにしていたけれど、確認せずにはいられないことがひとつあった。

「……前半については、はい、以外に答えはありません」

でも、と幸野は溢れる喜びで声を震わせて続ける。

「後半については、どうかと思います」

「なぜですか？」

「だって、私は男ですから『乙女』という譬えは初めて聞いたときからちょっと変だと感じていましたし、百歩譲って未経験なら男でもそう呼べるとしても、私はもう伊豆――貴篤さんを

知っているので、その呼称は相応《ふさわ》しくないと思うんです」

「友彰さんのそういう生真面目が過ぎて天然になっているところ、本当に好きですよ。とても、ぞくぞくします」

プラチナの輝きを纏う幸野の指に口づけて言った伊豆倉の唇には、つやめかしい笑みが魅惑的に浮かんでいた。

ごく当たり前のことを、ごく普通の態度で伝えただけのつもりだったので、何がどう伊豆倉の悦びの琴線に触れたのかはよくわからない。だが、艶然《えんぜん》とした美しい笑顔を向けられると、幸野の心にも悦びが湧いて、熱く震えてしまう。

「……私は、貴篤さんのそういう目にすごくぞくぞくさせられます」

言うと、妖しく煌めいていた双眸が嬉しげに細くなった。

「じゃあ、もっとぞくぞくしてください」

腰を抱き寄せられ、愛おしい伴侶の甘やかな顔が近づいてくる。

目を閉じようとした寸前、サンダルを履《は》いていた足先にふにゃっとした重みを感じた。

視線をやると、砂遊びに飽きたらしいハリオがいた。くっついていた幸野と伊豆倉の足の上へ「よいしょ、よいしょ」とでも言っていそうな愛らしい表情でよじ登って反対側へころんと落ちる。そして、ちょこちょこと窓の前へ移動し、サッシレールに前足を掛けてつかまり立ちをすると、くるりと振り向いて幸野と伊豆倉を見上げた。

部屋の中へ入りたくなったようだ。伊豆倉がハリオの小さな身体を持ち上げ、リビングの床の上に下ろす。ハリオは回し車のあるケージのほうへ走ってゆく。すぐに、からからと楽しげな音が聞こえてきた。

「私たちも戻りましょうか」

伊豆倉が微笑んで言う。

「夕食の準備ができたので、友彰さんを呼びに来たつもりが、うっかり盛り上がって忘れかけていました」

ダイニングテーブルの上には美しく盛りつけられた色鮮やかな料理がたくさんと、夕日を反射して輝くワイングラスが並んでいる。

見ているだけで美味しそうな光景に食欲が刺激され、俄然《がぜん》、空腹感が強くなった。

「じゃあ、盛り上がるのは食事をすませてからにしましょう」

微笑み返し、今日からずっとふたりと一匹で一緒に暮らしていく部屋へ入る。

窓を閉めようとしたとき、ふわりと吹いた海風が肌を心地よく撫でた。

かすかな海の匂いと深い幸せを感じながら、幸野はゆっくりと仰のいて伊豆倉とキスをした。

あとがき

AFTERWORD

―鳥谷しず―

三年ほど前からお仕事の依頼がケモ耳か子供か両方かのみ状態になっていたところへ血しぶき舞う（予定の）エログロホラーなお話をいただいて「うひょー！」となったりしている中、動物にはうん十年触ったことがありません、猫とかモニタの中でしか見たことがありませんと言うたび驚かれる今日この頃ですが、決して動物が嫌いなわけでなく、むしろ好きです。大人になってムー○ンに不適切な嵌《は》まり方《かた》をして以来、ムーミ○はフィンランドだけどまあ同じ北欧の括《くく》りということで「私、いつかノルウェージャンフォレストキャットを飼うんだ。それから、青くて綺麗なベタも一緒に……」というドリームを抱《いだ》いて幾星霜《いくせいそう》であります。

しかし、そんな縁などないままうん十年の私にとって一番身近な動物は雑誌のコメント欄《らん》に写真を載せている実家の二号犬（♀）なのですが、私が実家を旅立ったあとに飼いはじめたため数回しか会ったことがなく、顔を覚えられているかも定かではありません。一号犬は私が小学生のときに校庭で拾った犬です。当時、実家では父親が絶大な権力をふるっており、子供が風邪《かぜ》をひいても骨折をしても「走ったら治る！」と竹刀《しない》を振り回しながら真顔で吠《ほ》える、今だったら通報レベルとかを通り越した昭和ギャグ漫画な人だった父の犬に関する持論は「犬は犬小屋！」でした。が、かつては刺身《さしみ》恐怖症で「生《なま》なんておえぇぇ〜」と一昔前の欧米人のようなことを言っていた私が、いつしか刺身むしゃむしゃ頬張り女と化したように人間は年月と共に変わります。私の一号犬には親戚《しんせき》の大工さんを呼んで〇・五畳の犬小屋を作ってもらうとしかしてくれなかったのに、父は年を取ってから飼いはじめた二号犬を室内犬にしていたのです。家も庭も敷地のすべてが二号犬のもの、夏は専用扇風機とエアコンの二重体制で手厚く熱中症予防、犬なのにこれぞまさしく猫可愛《かわい》がり状態を初めて知ったときは衝撃のあまりひっくり返ったほどです。ものすごく暑かった年の夏、彼女の使い古しの扇風機を下賜《かし》され、ありがたく使わせていただいたことも……と甘酸っぱい思い出を綴《つづ》っていて、「あら。何だか、幸せなお犬姫を仰《あお》ぎ見て僻《ひが》んでいる下層民の恨《うら》み節のようだわ」と思ってしまいましたが、私は彼女が好きです。つい先日、「猫派は自分の猫もほかの猫も猫ならみんな可愛い。でも、犬派は自分の犬、もしくは飼ってる犬種しか可愛くない」と犬派と猫派の違いの分析をしているネット記事を読んで思いきり頷いたくらいです。最後に実家へ帰ったとき、私に酒の肴《さかな》の刺身を分けてくれず独り占《ひとりじ》めした父のことは今でもわりと恨んだりしてますけれども。

さて、今作は実は本来なら三年前に出ているはずだった本です。しかし、私の個人的な事情によりこんなにずれてしまいました。もう世に出せないものと諦《あきら》めていましたが、再度チャンスを下さった左京亜也《さきょうあや》先生、新書館の皆様にはいくら感謝してもしたりません。左京先生に素晴らしく美麗《びれい》かつ官能的なイラストをつけていただいた上、再スタートに相応《ふさわ》しい（とひとりで思っている）通算二十一冊目となった今作をどうか楽しんでいただけますように！

この本を読んでのご意見、ご感想などをお寄せください。
鳥谷しず先生・左京亜也先生へのはげましのおたよりもお待ちしております。

〒113-0024 東京都文京区西片2-19-18 新書館
[編集部へのご意見・ご感想] ディアプラス編集部「お試し花嫁、片恋中」係
[先生方へのおたより] ディアプラス編集部気付 ○○先生

- 初出 -
お試し花嫁、片恋中：書き下ろし

[おためしはなよめ、かたこいちゅう]
お試し花嫁、片恋中

著者：鳥谷しず とりたに・しず

初版発行：2017年4月25日
第2刷：2017年7月15日

発行所：株式会社 新書館
[編集] 〒113-0024
東京都文京区西片2-19-18 電話（03）3811-2631
[営業] 〒174-0043
東京都板橋区坂下1-22-14 電話（03）5970-3840
[URL] http://www.shinshokan.co.jp/

印刷・製本：株式会社光邦

ISBN978-4-403-52426-4